2de 1re FRANÇAIS

Mon Carnet de grammaire et d'orthographe

Nom : ....

....

Classe(s) : .... - ..

Année(s) : .... - ..

Lise Campy-Weis
Adrien David
David Martin
Fabrice Sanchez
Ada Smaniotto
Justine Wanin

Nathan

Sommaire

Mon planning de

Sur ce planning, j'organise mes révisions pour améliorer mes connaissances et compétences en grammaire et en orthographe.

Juillet

Août

Septembre

Janvier

Février

Mars

travail 20………/20………

Octobre

Novembre

Décembre

Avril

Mai

Juin

Mon planning de

Sur ce planning, j'organise mes révisions pour améliorer mes connaissances et compétences en grammaire et en orthographe.

Juillet

Août

Septembre

Janvier

Février

Mars

travail 20........./20.........

Octobre

Novembre

Décembre

Avril

Mai

Juin

Journal de mes erreurs

2DE

1er trimestre

	Types d'erreurs les plus nombreuses dans mon devoir	Nombre de ces erreurs	Nombre de pages du devoir
Devoir 1	……………… ……………… ………………	……… ……… ………	………
Devoir 2	……………… ……………… ………………	……… ……… ………	………
Devoir 3	……………… ……………… ………………	……… ……… ………	………
Devoir 4	……………… ……………… ………………	……… ……… ………	………
Devoir 5	……………… ……………… ………………	……… ……… ………	………

et de mes progrès

2DE 2e trimestre

	Types d'erreurs les plus nombreuses dans mon devoir	Nombre de ces erreurs	Nombre de pages du devoir
Devoir 1			
Devoir 2			
Devoir 3			
Devoir 4			
Devoir 5			

Journal de mes erreurs

2de — 3e trimestre

	Types d'erreurs les plus nombreuses dans mon devoir	Nombre de ces erreurs	Nombre de pages du devoir
Devoir 1			
Devoir 2			
Devoir 3			
Devoir 4			
Devoir 5			

1re

1er trimestre

	Types d'erreurs les plus nombreuses dans mon devoir	Nombre de ces erreurs	Nombre de pages du devoir
Devoir 1			
Devoir 2			
Devoir 3			
Devoir 4			
Devoir 5			

Journal de mes erreurs

1re 2e trimestre

	Types d'erreurs les plus nombreuses dans mon devoir	Nombre de ces erreurs	Nombre de pages du devoir
Devoir 1			
Devoir 2			
Devoir 3			
Devoir 4			
Devoir 5			

et de mes progrès

1RE

3e trimestre

	Types d'erreurs les plus nombreuses dans mon devoir	Nombre de ces erreurs	Nombre de pages du devoir
Devoir 1			
Devoir 2			
Devoir 3			
Devoir 4			
Devoir 5			

Mes astuces pour

Erreur que je fais parfois : ....

La règle à suivre : ....

Mon astuce pour ne pas me tromper : ....

Un exemple de mon choix : ....

Erreur que je fais parfois : ....

La règle à suivre : ....

Mon astuce pour ne pas me tromper : ....

Un exemple de mon choix : ....

éviter les erreurs

Erreur que je fais parfois : ....

....

La règle à suivre : ....

....

....

Mon astuce pour ne pas me tromper : ....

....

....

Un exemple de mon choix : ....

....

Erreur que je fais parfois : ....

....

La règle à suivre : ....

....

....

Mon astuce pour ne pas me tromper : ....

....

....

Un exemple de mon choix : ....

....

Mes astuces pour

Erreur que je fais parfois : ....

La règle à suivre : ....

Mon astuce pour ne pas me tromper : ....

Un exemple de mon choix : ....

Erreur que je fais parfois : ....

La règle à suivre : ....

Mon astuce pour ne pas me tromper : ....

Un exemple de mon choix : ....

éviter les erreurs

Erreur que je fais parfois :

La règle à suivre :

Mon astuce pour ne pas me tromper :

Un exemple de mon choix :

Erreur que je fais parfois :

La règle à suivre :

Mon astuce pour ne pas me tromper :

Un exemple de mon choix :

LEÇON 1 Les classes

J'apprends

Complétez les exemples de la leçon par des exemples personnels.

Les mots variables

Noms

- Sont souvent précédés d'un déterminant.

Ex. : *un **boulanger**, l'**amitié**, ces **maisons**.*

Ex. : ....

Pronoms

- Remplacent un nom (ou équivalent).

- **personnels** : *je, me, moi, tu, te, toi, il, elle, lui, se…*
- **possessifs** : *le mien, le tien, le sien…*
- **démonstratifs** : *ceci, cela, ça…*
- **indéfinis** : *plusieurs, chacun, quelqu'un, tout…*
- **relatifs** : *qui, que, dont, où, lequel, laquelle…*
- **interrogatifs** : *qui, que, où, lequel, laquelle…*

Ex. : *le boulanger **dont je t'**ai parlé.*

Ex. : ....

Adjectifs

- Expriment une qualité ou une propriété.
- Qualifient un nom (ou équivalent).
- S'accordent avec le nom qu'ils qualifient.

Ex. : *un boulanger **sympathique**, une **longue** amitié, une maison **neuve**.*

Ex. : ....

Verbes

- Se conjuguent : varient en mode, temps, personne et voix.

Ex. : *je lis, tu lis, il lit, nous lisons…*

Ex. : ....

Déterminants

- Précèdent un nom, qu'ils déterminent.
- S'accordent en genre et en nombre avec le nom qu'ils déterminent.

- **articles définis** : *le, la, les…*
- **articles indéfinis** : *un, une, des…*
- **articles partitifs** : *du, de la…*
- **déterminants démonstratifs** : *ce, cet, cette, ces…*
- **déterminants possessifs** : *mon, ma, mes, ton, ta, tes…*
- **déterminants numéraux** : *deux, dix, cent…*
- **déterminants indéfinis** : *plusieurs, certains, quelques…*
- **déterminants interrogatifs et exclamatifs** : *quel, quelle, quels, quelles…*
- **déterminants relatifs** : *lequel, laquelle, lesquels…*

Ex. : ***le** boulanger, **mon** boulanger, **quel** boulanger !*
***L'**amitié, **de l'**amitié, **notre** amitié.*
***Une** maison, **cette** maison, **plusieurs** maisons.*

Ex. : ....

Les mots invariables

Conjonctions

- **Conjonctions de coordination** (*mais, ou, et, donc, or, ni, car*) : relient des mots ou des groupes de mots de même nature et de même fonction.

Ex. : *Je lis **car** cela me détend.*

Ex. : ....

- **Conjonctions de subordination** : introduisent des propositions subordonnées conjonctives (*que, parce que, avant que, bien que...*)

Ex. : *Je lis **parce que** cela me détend.*

Ex. : ....

Adverbes

- Nuancent le sens d'un adjectif, d'un verbe ou d'une phrase.

Ex. : *Le plat est **assez** chaud. Nous chantons **joyeusement**.*

Ex. : ....

....

....

Prépositions

- Introduisent un mot ou un groupe de mots qui ont une fonction de complément.

Ex. : *Je suis arrivé **chez** moi **sans** difficulté.*

Ex. : ....

....

....

Interjections et onomatopées

- Expriment une émotion et reproduisent de manière codifiée certains bruits.

Ex. : *Oh ! Hélas ! Ouf ! / Tic-tac, crac ! miaou !*

Ex. : ....

....

J'identifie

1 Rayez l'intrus dans ces listes et indiquez la classe grammaticale des mots restants.

a) un, des, chaque, cette, me : ....

b) joli, très, lent, bon, froid : ....

c) mais, donc, or, et, où, ni : ....

2 Classez les mots en gras dans le tableau suivant.

Elle était assise, au milieu du banc, toute **seule** ; **ou** du moins il ne distingua **personne**, **dans** l'éblouissement que lui envoyèrent **ses** yeux. En même temps qu'il **passait**, elle leva la **tête** ; il fléchit **involontairement** les épaules ; et, quand il se fut mis plus loin, du même **côté**, il la regarda. Elle avait un **large** chapeau **de** paille, **avec** des rubans roses qui **palpitaient** au vent, derrière elle.

Gustave Flaubert, *L'Éducation sentimentale* (1869)

Les mots variables					Les mots invariables		
Noms	Adjectifs	Déterminants	Pronoms	Verbes	Adverbes	Prépositions	Conjonctions
....	....	....	....	....	....	....	....
....	....	....	....	....	....	....	....

Je manipule

3 Pour chaque mot, rédigez deux phrases en employant les deux classes grammaticales indiquées entre parenthèses.
Ex : coucher (verbe/nom) → Je me couche trop tard. J'adore les couchers de soleil.

a) lever (verbe/nom) ....

....

b) fort (adjectif/adverbe) ....

....

Je m'exprime

4 Lisez le texte suivant.

La cimaise et la fraction

La cimaise ayant chaponné tout l'éternueur
Se tuba fort dépurative quand la bixacée fut verdie.

Raymond Queneau, *Littérature potentielle* (1973)

a À quel texte celui de Queneau vous fait-il penser ? Pourquoi ?

....

....

b À votre avis, comment Queneau a-t-il rédigé ce texte ? Émettez une hypothèse.

....

....

c À votre tour, jouez avec les mots en utilisant un dictionnaire : remplacez chaque nom par celui qui est sept places plus loin dans le dictionnaire et faites la même chose pour les adjectifs et les verbes.

Une Grenouille vit un Bœuf
Qui lui sembla de belle taille.
Elle, qui n'était pas grosse en tout comme un œuf,
Envieuse, s'étend, et s'enfle, et se travaille,
Pour égaler l'animal en grosseur.

Jean de La Fontaine, *Fables* (1668)

....

....

....

....

....

....

Les fonctions

J'apprends

Complétez les exemples de la leçon par des exemples personnels.

Définition : la fonction syntaxique d'un mot ou d'un groupe de mots est le rôle qu'il joue, par rapport au verbe, à un nom ou à la phrase.

Fonctions liées au verbe

Sujet

- Non supprimable.
- Répond à la question « qui est-ce qui + verbe ? ».
- Commande l'accord du verbe.

Ex. : ***Les élèves*** *sortent.*

Ex. : ....

Compléments essentiels du verbe

Attribut du sujet

- Non supprimable.
- Indique une propriété du sujet.

Ex : *Il paraît* ***inquiet****.*

Ex : ....

Attribut du COD

- Non supprimable.
- Indique une propriété du COD.

Ex. : *Je te trouve* ***hypocrite****.*

Ex. : ....

Complément d'objet direct / Complément d'objet indirect (= avec préposition)

- Non supprimables.
- Complètent un verbe transitif.

Ex. : *Il donne des* ***nouvelles*** **(COD)** ***à son frère*** **(COI)**.

Ex. : ....

....

Complément d'agent

- Supprimable.
- Indique qui fait l'action dans une construction à la voix passive.
- Est introduit par la préposition « par » ou « de ».

Ex. : *Les animaux sont bien soignés* ***par le vétérinaire****.*

Ex. : ....

Épithète

- Supprimable.
- Détermine le nom auquel elle se rapporte et qu'elle permet de mieux identifier.
- **Nature** : adjectif ou une proposition subordonnée relative.

Ex. : *Les élèves **curieux** font des progrès.*
*Les élèves **qui sont curieux** font des progrès.*

Ex. :

Fonctions liées au nom : les expansions du nom

Complément du nom

- Supprimable.
- Précise le nom auquel il se rapporte.
- **Nature** : groupe prépositionnel ou proposition conjonctive en « que ».

Ex. : *Le chat **de la voisine** s'est échappé.*
*L'idée **qu'ils échouent** lui était insupportable.*

Ex. :

Apposition

- Supprimable.
- Ajoute une information, sans restreindre le sens du nom auquel elle se rapporte.
- **Nature** : adjectif, GN, proposition subordonnée relative, groupe infinitif.

Ex. : *Les élèves, **curieux**, regardent par la fenêtre.*
*De nombreux touristes viennent visiter Paris, **la ville Lumière**.*

Ex. :

Fonction liée à la phrase

Complément circonstanciel

- Supprimable et déplaçable.
- Précise les circonstances de l'action : temps, lieu, cause, but, condition, etc.

Ex. : *J'ai posé le courrier **sur la table**.*
*Il est absent **parce qu'il est malade**.*

Ex. :

J'identifie

1 Identifiez la fonction des mots ou groupes de mots en gras.

a **Amélie** est **avocate**.

....

b Le facteur distribue **le courrier à tout le village**.

....

c La maison **de ma grand-mère** a été vendue **par mes oncles et tantes**.

....

d **Que** veux-tu faire **demain** ?

....

e Ce livre **passionnant** s'est vendu à des milliers d'exemplaires.

....

f Je trouve ce livre **passionnant**.

....

2 Dans les phrases suivantes, entourez les COD et soulignez les COI.

a Les élèves souhaitent réussir.

b Je ne doute pas de ta volonté de réussir.

c Qu'as-tu demandé au professeur ?

d Je l'ai rappelé pour confirmer le rendez-vous.

e Je lui ai rappelé le rendez-vous.

f Je lui en ai donné.

3 Dans les phrases suivantes, encadrez les expansions du nom et soulignez le nom auquel elles se rapportent.

a Je suis défendu par une avocate brillante.

b Les élèves, qui avaient tous bien révisé, ont réussi leur devoir.

c J'ai toujours préféré les chansons populaires et les films grand public aux chansons à textes et films d'auteur.

d Victor Hugo, un auteur très célèbre du XIXe siècle, a notamment écrit des romans.

4 Identifiez la fonction des pronoms relatifs.

a) J'ai acheté le livre **que** tu m'as recommandé : ....

b) J'ai vu Alice, **qui** m'a demandé de tes nouvelles : ....

c) L'auteur **dont** je te parle est très connu : ....

d) Le quartier **où** je vis est très animé : ....

Je manipule

5 Dans les phrases suivantes, remplacez les propositions subordonnées compléments circonstanciels par un groupe prépositionnel de même fonction.

a) Quand tu arrives, préviens-moi.

....

b) Les cigales s'arrêtent de chanter dès que le soleil se couche.

....

c) Il ne faut pas monter dans le métro quand les portes se ferment.

....

d) Bien qu'il soit très connu, cet acteur a su rester simple.

....

Je m'exprime

6 Développez cette phrase avec au moins trois expansions du nom (en les identifiant entre parenthèses).

> La marquise sortit à cinq heures.
>
> André Breton, *Manifeste du surréalisme*, (1924)

....

....

Les accords

J'apprends

Complétez les exemples de la leçon par des exemples personnels.

Définition : le groupe nominal (GN) est un groupe de mots dont le noyau est un nom. Le GN minimal est constitué d'un nom précédé de son déterminant. Il peut être étendu en ajoutant différentes expansions du nom. L'orthographe au sein d'un groupe nominal est régie par des règles d'accord.

Le déterminant

- S'accorde en genre et en nombre avec le nom qu'il détermine.

Ex. : ***Cette*** *œuvre est très belle.* ***Ces*** *œuvres sont très belles.*

Ex. : ....

Cas particuliers

→ Le déterminant possessif « leur » employé lorsqu'il y a plusieurs possesseurs.
- S'il peut être remplacé par « le », « la » ou « l' », il est singulier et s'écrit « leur ».
- S'il peut être remplacé par « les », il est pluriel et s'écrit « leurs ».

Ex. : *Ils enlèvent* ***leur*** *manteau et* ***leurs*** *chaussures en entrant. (Ils enlèvent* ***le*** *manteau et* ***les*** *chaussures en entrant.)*

Ex. : ....

....

....

....

→ Les déterminants numéraux cardinaux
- Sont invariables, à l'exception de « vingt » et « cent » qui prennent un « -s » quand ils sont multipliés sans être suivis d'un autre nombre.

Ex. : *Ma nièce a* ***vingt*** *ans. Sa grand-mère a* ***quatre-vingts*** *ans et son grand-père* ***quatre-vingt-cinq****.*

Ex. : ....

....

....

....

....

dans le groupe nominal

L'adjectif qualificatif

• S'accorde en genre et en nombre avec le nom qu'il qualifie.
Ex. : *Elle rassure une fille **inquiète**. Elle rassure des garçons **inquiets**. La situation est **inquiétante**.*

Ex. : ....

....

Cas particuliers

→ Les adjectifs de couleur

• S'accordent avec le nom qu'ils qualifient, sauf pour les adjectifs composés et ceux provenant d'un nom commun.
Ex. : *une robe **bleue**, des chaussures **bleu marine**, des chaussures **marron**.*

Ex. : ....

....

• Attention : les adjectifs de couleur suivants, provenant de noms, sont variables : *écarlate, fauve, mauve, pourpre, rose.*
Ex. : *des chaussures **écarlates**, des fleurs **roses**, des assiettes **mauves**.*

Ex. : ....

....

→ Les adjectifs *nu-* et *demi-*

• Sont invariables lorsqu'ils sont placés **devant** un nom.
Ex. : *demi-heure, nu-tête.*

Ex. : ....

....

• Sont variables lorsqu'ils sont placés **après** un nom.
- « nu » s'accorde en genre et en nombre.
- « demi » s'accorde uniquement en genre.
Ex. : *Des enfants pieds **nus**. Il est deux heures et **demie**.*

Ex. : ....

....

....

....

→ Les adjectifs composés

• Si les deux éléments sont des adjectifs à part entière, ils s'accordent.
Ex. : *des filles **sourdes-muettes**, des sauces **aigres-douces**.*

Ex. : ....

....

• Si le premier élément est un adverbe ou une préposition, seul l'adjectif s'accorde.
Ex. : *L'**avant-dernière** scène, Une mère **bien-aimée**.*

Ex. : ....

....

....

....

J'identifie

1 Lisez le texte suivant et répondez aux questions.

Au début du roman, le personnage principal, Frédéric Moreau, rentre chez sa mère en bateau.

Des arbres la[1] couronnaient parmi des maisons basses couvertes de toits à l'italienne. Elles avaient des jardins en pente que divisaient des murs neufs, des grilles de fer, des gazons, des serres chaudes, et des vases de géraniums, espacés régulièrement sur des terrasses où l'on pouvait s'accouder. Plus d'un, en apercevant ses coquettes résidences, si tranquilles, enviait d'en être le propriétaire, pour vivre là jusqu'à la fin de ses jours, avec un bon billard, une chaloupe, une femme ou quelque autre rêve. Le plaisir tout nouveau d'une excursion maritime facilitait les épanchements. Déjà les farceurs commençaient leurs plaisanteries. Beaucoup chantaient. On était gai. Il se versait des petits verres.

Frédéric pensait à la chambre qu'il occuperait là-bas, au plan d'un drame[2], à des sujets de tableaux, à des passions futures. Il trouvait que le bonheur mérité par l'excellence de son âme tardait à venir. Il se déclama des vers mélancoliques ; il marchait sur le pont à pas rapides ; il s'avança jusqu'au bout, du côté de la cloche ; et, dans un cercle de passagers et de matelots, il vit un monsieur qui contait des galanteries à une paysanne, tout en lui maniant la croix d'or qu'elle portait sur la poitrine. C'était un gaillard d'une quarantaine d'années, à cheveux crépus. Sa taille robuste emplissait une jaquette de velours noir, deux émeraudes brillaient à sa chemise de batiste, et son large pantalon blanc tombait sur d'étranges bottes rouges, en cuir de Russie, rehaussées de dessins bleus.

Flaubert Gustave, *L'Éducation sentimentale* (1869)

1. Renvoie à « la colline » mentionnée au paragraphe précédent.
2. Pièce de théâtre.

a Soulignez le groupe nominal utilisant le déterminant possessif « leurs » et justifiez-en l'accord.

....

....

....

b Dans la dernière phrase, surlignez les adjectifs de couleur et justifiez les accords.

....

....

....

....

Je manipule

2 **Réécrivez la dernière phrase du texte de Flaubert en ajoutant des nuances aux couleurs.**
Ex : *Les bottes seront rehaussées de dessins bleu **turquoise**.*

3 **Entourez la proposition qui convient le mieux, parmi les solutions proposées entre parenthèses.**

a) Nous lui avons prêté cinq (cent/cents) euros.

b) Il y avait (cent/cents) invités pour ses (quatre-vingt/quatre-vingts) ans.

c) Avez-vous accroché (leur manteau/leurs manteaux) ?

Je m'exprime

4 **M. Arnoux, l'homme qui voit Frédéric dans le deuxième paragraphe, aperçoit ce dernier. Rédigez le portrait de Frédéric du point de vue de M. Arnoux. Vous emploierez plusieurs groupes nominaux dont au moins trois cas particuliers, que vous soulignerez.**

J'apprends

Complétez les exemples de la leçon par des exemples personnels.

Les accords sujet-verbe

Cas simples

- Un verbe conjugué s'accorde en personne et en nombre avec son sujet.

- **Aux temps simples**, le verbe prend les marques du sujet.
- **Aux temps composés,** l'auxiliaire porte ces marques.

Ex. : ***Vous** aim**ez**. **Vous** av**ez** aimé.*

Ex. :.......................................

....

....

....

Cas complexes

- Quand le sujet est **inversé**.

Ex. : ***Viendras-tu** ? **Puisse ton vœu** être exaucé.*

Ex. :.......................................

....

- Quand le sujet et le verbe sont **éloignés**.

Ex. : ***Cet enfant** toujours sage, calme et poli **était** ce jour-là en colère.*

Ex. :.......................................

....

....

sujet-verbe

- Quand le sujet est le **pronom relatif** « qui », le verbe s'accorde en personne et en nombre avec l'antécédent du pronom.

Ex. : *C'est elle **qui** est venue. C'est moi **qui** l'ai fait.*

Ex. : ....

- Quand le sujet contient un **nom collectif au singulier sans complément** (*foule, nuée*...), le verbe s'accorde au singulier.
- Quand le **nom collectif singulier est suivi d'un complément du nom au pluriel**, le verbe se met au singulier ou au pluriel, selon que l'on met l'accent sur la globalité ou la diversité des référents.

Ex. : *<u>Une nuée</u> **butine** la lavande. <u>Une nuée d'abeilles</u> **butinent** la lavande du jardin. <u>Une nuée d'abeilles</u> **semble** agiter la lavande.*

Ex. : ....

- Quand le GN est introduit par un **déterminant particulier** (*beaucoup de, assez de, peu de, la plupart de*...), le verbe s'accorde selon le nombre du nom. Si le déterminant est employé comme pronom indéfini, le verbe se met souvent au pluriel.

Ex. : *Beaucoup de livres **ont été lus**. Beaucoup de pluie **est tombée**. Beaucoup **applaudissent**.*

Ex. : ....

- Quand plusieurs **sujets au singulier sont coordonnés par « ou » ou « ni »**, le verbe se met au pluriel si l'idée d'union l'emporte ou au singulier si l'idée de séparation l'emporte.

Ex. : *L'adjoint ou son remplaçant **dirigera** le conseil. Marcher ou nager te **feront** du bien.*

Ex. : ....

ENTRAÎNEMENT 4 Les accords

J'identifie

1 Lisez le poème suivant et répondez aux questions.

Le poète s'en va dans les champs ; il admire,
Il adore ; il écoute en lui-même une lyre ;
Et, le voyant venir, les fleurs, toutes les fleurs,
Celles qui des rubis font pâlir les couleurs,
Celles qui des paons même éclipseraient les queues,
Les petites fleurs d'or, les petites fleurs bleues,
Prennent, pour l'accueillir agitant leurs bouquets,
De petits airs penchés ou de grands airs coquets,
Et, familièrement, car cela sied aux belles :
« Tiens ! c'est notre amoureux qui passe ! » disent-elles.
Et, pleins de jour et d'ombre et de confuses voix,
Les grands arbres profonds qui vivent dans les bois,
Tous ces vieillards, les ifs, les tilleuls, les érables.
Les saules tout ridés, les chênes vénérables,
L'orme au branchage noir, de mousse appesanti,
Comme les ulémas[1] quand paraît le muphti[2] ;
Lui font de grands saluts et courbent jusqu'à terre
Leurs têtes de feuillée et leurs barbes de lierre,
Contemplent de son front la sereine lueur,
Et murmurent tout bas : « C'est lui ! c'est le rêveur ! »

Victor Hugo, *Les Contemplations* (1856)

1. Théologiens musulmans.
2. Théoricien et interprète du droit musulman.

a Surlignez les sujets inversés dans le texte. Expliquez leur emploi.

....

b Soulignez deux verbes dont le sujet est le pronom relatif « qui ». Justifiez leur accord.

....

c Entourez les sujets des verbes « font » et « courbent » (v. 17), « contemplent » (v. 19) et « murmurent » (v. 20). Qu'y a-t-il entre les sujets et ces verbes ? Pourquoi ?

....

....

....

Je manipule

2 Conjuguez les verbes entre parenthèses au temps de l'indicatif demandé.

a) Mon père, ma mère et toi (rejoindre/*futur de l'indicatif*) .... la gare à 11h.

b) Quelle sensation (procurer/*présent de l'indicatif*) .... ces sports de glisse ?

c) Ce sont elles qui (venir/*passé composé*) .... à pied.

3 Réécrivez ces phrases en inventant des sujets qui s'accordent correctement avec les verbes et correspondant aux classes grammaticales indiquées entre parenthèses.

a) C'est .... qui dois faire ce compte rendu. (*pronom personnel*)

b) .... et .... travaillerons ensemble. (*deux pronoms personnels*)

c) .... des peintures m'inquiétait. (*GN*)

Je m'exprime

4 Dans un court récit, racontez la promenade réalisée par le poète dans le poème de l'exercice 1. Vous texte contiendra cinq cas particuliers d'accord sujet-verbe, que vous soulignerez.

....

....

....

....

....

....

....

....

J'apprends

Complétez les exemples de la leçon par des exemples personnels.

Les valeurs temporelles précisent la chronologie des faits.

Dans un contexte au passé

Antériorité

- **Le plus-que-parfait** exprime une action antérieure au temps de référence.

Ex. : *Il **avait** beaucoup **voyagé** lorsqu'il s'établit à Paris.*

Ex. : ....

- **Le passé antérieur** s'emploie dans une subordonnée pour exprimer une action antérieure au passé simple.

Ex. : *Dès qu'elle **eut goûté** la pomme, elle s'effondra.*

Ex. : ....

Temps de référence

- **Le passé simple** exprime une action révolue qui constitue le premier plan du récit.

Ex. : *L'enfant **naquit** au printemps.*

Ex. : ....

- **L'imparfait** introduit des actions passées qui constituent le second plan du récit.

Ex. : *Comme il **pleuvait**, il décida de rester.*

Ex. : ....

Postériorité

- **Le conditionnel présent** envisage une action ultérieure aux temps de référence du passé.

Ex. : *Il savait qu'il n'**arriverait** jamais à temps.*

Ex. : ....

- **Le conditionnel passé** présente une action à venir mais antérieure au conditionnel présent.

Ex. : *Elle sortirait quand elle **aurait fini**.*

Ex. : ....

Dans un contexte au présent

Antériorité

- **Le passé composé** exprime une action antérieure au présent.

Ex. : *Il est en retard car il ne **s'est** pas **réveillé**.*

Ex. : ....

- **L'imparfait** exprime une action antérieure au présent considérée dans son contexte.

Ex. : *Elle est venue hier pendant que je **dormais**.*

Ex. : ....

Temps de référence

- **Le présent de l'indicatif** correspond au moment où l'on parle.

Ex. : *Je **dois** vous laisser.*

Ex. : ....

Postériorité

- **Le futur** présente une action à venir.

Ex. : *Tout **ira** mieux demain.*

Ex. : ....

- **Le futur antérieur** présente une action à venir mais antérieure au futur.

Ex. : *Je serai rassuré quand il **aura réparé** la fuite.*

Ex. : ....

valeurs temporelles et aspectuelles

Les valeurs aspectuelles

précisent le déroulement des faits.

Aspect accompli / inaccompli

- **L'aspect accompli** correspond à une action achevée, exprimée par les temps composés.

Ex. : *J'**ai retenu** la leçon.*

Ex. : ....

- **L'aspect inaccompli** correspond à une action inachevée, exprimée par les temps simples.

Ex. : *Cette année, j'**apprends** le finnois.*

Ex. : ....

Aspect limitatif / non-limitatif

- **L'aspect limitatif** correspond à une action formant un tout délimité dans le temps.

Ex. : *Ils **vécurent** heureux.*

Ex. : ....

- **L'aspect non limitatif** correspond à une action évoquée dans son déroulement, souvent au présent ou à l'imparfait.

Ex. : *J'**observais** attentivement mon visiteur.*

Ex. : ....

Aspect ponctuel / itératif

- **L'aspect ponctuel** présente l'action comme un événement unique.

Ex. : *Il **prit** le train de six heures ce matin-là.*

Ex. : ....

- **L'aspect itératif** correspond à une action répétitive, souvent au présent ou à l'imparfait.

Ex. : *Il **prenait** le train de six heures tous les matins.*

Ex. : ....

Le présent de l'indicatif

se distingue par un certain nombre de valeurs.

Il peut exprimer :

- **le moment de l'énonciation** (*Je vous demande d'arrêter.*) ;
- **un passé ou futur proche** (*J'arrive tout juste. / Je te reçois dans un instant.*) ;
- **un ordre** (*Désormais, tu cesses de le voir !*) ;
- **une habitude ou répétition** (*Elle va au marché le dimanche.*) ;
- **une vérité générale** (*Bien mal acquis ne profite jamais.*) ;
- **un présent de narration**, qui vivifie les actions dans un récit au passé (*Le héros, qui semblait vaincu, se redresse soudain.*).

ENTRAÎNEMENT 5 Le verbe :

J'identifie

1 Précisez la valeur du présent de l'indicatif dans les phrases suivantes.

a L'argent ne fait pas le bonheur.

....

b Ce matin, je me sens toute légère.

....

2 Soulignez les verbes conjugués des phrases suivantes et entourez la valeur correspondante de la même couleur. Utilisez deux couleurs différentes pour chaque phrase.

a Chloé passait tous ses étés dans la ferme de ses parents, jusqu'au jour où ils la vendirent.
aspect ponctuel / aspect itératif

b Il ne la retrouverait jamais puisqu'il avait perdu ses coordonnées.
antériorité / postériorité

c Elle repéra d'un seul coup d'œil l'individu suspect qui arpentait la place.
aspect limitatif / aspect non limitatif

3 Justifiez l'emploi de chacun des temps employés dans cet extrait.

L'être que j'appelle moi vint au monde un certain lundi 8 juin 1903, vers les 8 heures du matin, à

....

Bruxelles, et naissait d'un Français appartenant à une vielle famille du Nord, et d'une Belge dont les

....

ascendants avaient été durant quelques siècles établis à Liège, puis s'étaient fixés dans le Hainaut.

....

La maison où se passait cet événement, puisque toute naissance en est un pour le père et la mère et

....

quelques personnes qui leur tiennent de près, se trouvait située au numéro 193 de l'avenue Louise,

....

et a disparu il y a une quinzaine d'années, dévorée par un building.

....

Marguerite Yourcenar, *Souvenirs pieux* (1974)

Je manipule

4 **Conjuguez les verbes au temps qui convient pour exprimer la valeur demandée dans un contexte au passé.**

a) À ces mots, il .... (comprendre/*ponctuel*) que cet homme lui

en .... (vouloir/*postériorité*) toute sa vie.

b) Jeanne .... (s'ennuyer/*non limitatif*) lorsque lui

.... (venir/*ponctuel*) l'idée de rechercher son vieil album.

5 **Conjuguez les verbes au temps qui convient pour exprimer la valeur demandée dans un contexte au présent.**

a) Il .... (se souvenir/*moment de l'énonciation*)

de ces étés brûlants du temps où il .... (vivre/*itératif*) en Afrique.

b) Comme il .... (vivre/*accompli*) en Afrique,

il .... (peiner/*inaccompli*) à s'adapter au climat européen.

Je m'exprime

6 **Faites le récit au passé d'un événement spectaculaire dans lequel vous ferez alterner des actions de premier plan au passé simple (soulignées en rouge) et des actions de second plan à l'imparfait (soulignées en vert). Vous intégrerez des actions au présent de narration (soulignées en noir).**

....

....

....

....

....

....

J'apprends

Complétez les exemples de la leçon par des exemples personnels.

Les principales valeurs modales des modes verbaux

L'indicatif

- Un **fait réel ou réalisé**. Ex : *Il **est parti** de bonne heure.* Ex. : ......
- Un **fait probable ou certain**. Ex. : *Elle se **sera perdue** en chemin.* Ex. : ......
- Une **éventualité**. Ex. : *Si tu **avais vu** son courage !* Ex. : ......
- Un **ordre**. Ex. : *Tu **donneras** à manger au chat.* Ex. : ......

Le subjonctif

- Un **fait pas encore réalisé**. Ex : *Nous avons un peu de temps avant qu'il **revienne**.* Ex. : ......
- Un **fait incertain**. Ex. : *Je cherche une personne qui **prenne** soin de mon chat.* Ex. : ......
- Un **sentiment personnel**. Ex. : *Je crains qu'il ne **soit** trop tard.* Ex. : ......
- Un **ordre**. Ex. : *Qu'il **sorte** immédiatement !* Ex. : ......
- Un **souhait**. Ex. : *Que cette nuit **soit** douce !* Ex. : ......
- Un **doute**. Ex. : *Lui ? Qu'il **ait** volé ce peigne ?* Ex. : ......
- Une **supposition**. Ex. : *Il **eût** mieux fait d'écouter les conseils.* Ex. : ......
- Une **conséquence éventuelle**. Ex. : *Il n'est pas exceptionnel au point qu'il **faille** à tout prix le garder.*

  Ex. : ......
- Un **but**. Ex. : *Athéna prolongea la nuit afin que les époux **pussent** rester seuls.* Ex. : ......
- Une **concession**. Ex. : *Bien qu'elle m'**ait** souvent **agacé**, ma sœur me manque.* Ex. : ......
- Une **condition**. Ex. : *Demain nous irons au parc, à condition qu'il **fasse** beau.* Ex. : ......

valeurs modales

Le conditionnel

- Un **potentiel**. Ex : *Si tu lisais ce livre, tu **verrais** le monde autrement.* Ex. : ……………………

- Un **irréel**. Ex. : *Si je pouvais voler, je ne **voudrais** plus redescendre sur terre.* Ex. : ……………………

- Une **demande atténuée**. Ex. : *J'**aimerais** que tu me joues ce morceau.* Ex. : ……………………

- Un **conseil**. Ex. : *Tu **ferais** mieux de rentrer.* Ex. : ……………………

- Un **fait non vérifié**. Ex. : *D'après le journal, le coupable **serait passé** aux aveux.* Ex. : ……………………

L'impératif

- Un **ordre** ou une **défense**. Ex : ***Arrêtez** de crier.* Ex. : ……………………

- Un **conseil** ou une **suggestion**. Ex. : ***Prenons** le temps de la réflexion.* Ex. : ……………………

- Une **demande polie**. Ex. : ***Veuillez** m'accorder quelques instants.* Ex. : ……………………

L'infinitif

- La **délibération**. Ex : *Que **faire** à présent ?* Ex. : ……………………

- L'**exclamation**. Ex. : *Ah, **partir** ! **Quitter** cette infâme prison !* Ex. : ……………………

- L'**injonction**, l'**ordre**, le **conseil**. Ex. : ***Monter** les blancs en neige et y **incorporer** le sucre.* Ex. : ……………………

Le participe et le gérondif

- La **cause**. Ex : ***Épuisé** par tant d'efforts, il s'effondra.* Ex. : ……………………

- Le **moyen**. Ex. : ***En pratiquant** régulièrement la marche, vous irez mieux.* Ex. : ……………………

J'identifie

1 Précisez le mode et la valeur de chaque verbe en gras.

a Moi, **me prélasser** (……………………) pendant qu'on **assiège** (……………………) ma ville !

b Bien qu'il **fût** (……………………) d'origine modeste, il **aurait amassé** (……………………) une fortune colossale, selon la rumeur.

c Ne **prenez** pas (……………………) une décision que vous **risqueriez** (……………………) de regretter.

d Que la vérité **éclate** (……………………) au grand jour afin que je **sois** (……………………) disculpée !

e **Ayant passé** (……………………) sa vie à l'attendre, il **eût pu** (……………………) la reconnaître d'un seul coup d'œil.

2 Lisez le texte suivant et répondez aux questions.

Vous êtes un beau jeune homme, délicat, fier comme un lion et doux comme une jeune fille. Vous seriez une belle proie pour le diable. J'aime cette qualité des jeunes gens. Encore deux ou trois réflexions de haute politique, et vous verrez le monde comme il est. En y jouant quelques petites scènes de vertu, l'homme supérieur y satisfait toutes ses fantaisies aux grands applaudissements des niais du parterre. Avant peu de jours vous serez à nous. Ah ! si vous vouliez devenir mon élève, je vous ferais arriver à tout. Vous ne formeriez pas un désir qu'il ne fût à l'instant comblé, quoi que vous puissiez souhaiter : honneur, fortune, femmes.

Honoré de Balzac, *Le Père Goriot*, (1835)

a **Soulignez les verbes à l'indicatif en rouge, au subjonctif en vert, au conditionnel en noir, au gérondif en bleu.**

b **Justifiez l'emploi des modes dans chaque cas.**

Je manipule

3 Conjuguez les verbes entre parenthèses au temps qui convient.

a Quoi qu'il .... (pouvoir) faire, il restera toujours mon ami.

b Après qu'elle .... (quitter) son domicile, plus personne ne l'a vue.

c Si tu .... (prévenir) plus tôt, je serais venue à ta rencontre.

4 Conjuguez les verbes entre parenthèses pour exprimer la valeur modale demandée.

a Si seulement je .... (deviner) sa fourberie,
je lui .... (cacher) mes sentiments. (*irréel du passé*)

b Oh ! .... (pouvoir/*souhait*) la chance nous sourire !

c Mon petit Paul, ... (arrêter/*ordre*) de gigoter.

d Je vous .... (savoir/*demande atténuée*) gré de vous taire.

Je m'exprime

5 Formulez vos rêves et ambitions pour l'avenir, en utilisant cinq valeurs modales différentes, que vous distinguerez par un jeu de couleurs.

....

....

....

....

....

....

....

....

LEÇON 7

La concordance

J'apprends

Complétez les exemples de la leçon par des exemples personnels.

À savoir : le temps du verbe d'une proposition subordonnée varie selon le temps du verbe de la proposition principale : c'est la concordance des temps.

Temps de la principale

Le verbe de la proposition subordonnée est au subjonctif

- **Indicatif présent ou futur.**
  Ex. : *Je* ***veux****, je* ***voudrai*** *que…*

Antériorité
- **Subjonctif passé**
  Ex. : *Je veux qu'il* ***ait fait*** *son travail.*
  Ex. : ……………………………………………

Temps de référence
- **Subjonctif présent**
  Ex. : *Je veux qu'il* ***fasse*** *son travail.*
  Ex. : ……………………………………………

Postériorité

- **Indicatif passé.**
  Ex. : *Je* ***voulais****, j'ai* ***voulu****, je* ***voulus*** *que…*

Antériorité
- **Subjonctif plus-que-parfait ou passé**
  Ex. : *Je voulais qu'il* ***eût fait*** *son travail/ qu'il* ***ait fait*** *son travail.*
  Ex. : ……………………………………………

Temps de référence
- **Subjonctif imparfait ou présent**
  Ex. : *Je voulais qu'il* ***fît*** *son travail/ qu'il* ***fasse*** *son travail.*
  Ex. : ……………………………………………

Postériorité

des temps

Temps de la principale

Le verbe de la proposition subordonnée est à l'indicatif

- **Indicatif présent ou futur**.
  Ex. : *Je **sais**. Je **saurai** que…*

Antériorité

- **Indicatif passé composé** ou **imparfait**
  Ex. : *Je sais qu'il **a travaillé**/qu'il **travaillait**.*

Ex. : ……………………………………………

……………………………………………

Temps de référence

- **Indicatif présent**
  Ex. : *Je sais qu'il **travaille**.*

Ex. : ……………………………………………

……………………………………………

Postériorité

- **Indicatif futur ou futur antérieur**
  Ex. : *Je sais qu'il **travaillera**/ qu'il **aura travaillé**.*

Ex. : ……………………………………………

……………………………………………

- **Indicatif passé** (imparfait, passé composé, passé simple).
  Ex. : *Je **savais**, j'ai **su**, j'ai **sus** que…*

Antériorité

- **Indicatif plus-que-parfait**
  Ex. : *Je savais qu'il **avait travaillé**.*

Ex. : ……………………………………………

……………………………………………

Temps de référence

- **Indicatif imparfait**
  Ex. : *Je savais qu'il **travaillait**.*

Ex. : ……………………………………………

……………………………………………

Postériorité

- **Conditionnel présent ou passé**
  Ex. : *Je savais qu'il **travaillerait**/qu'il **aurait travaillé**.*

Ex. : ……………………………………………

……………………………………………

ENTRAÎNEMENT 7 La concordance

J'identifie

1 Dans chacune des phrases suivantes, soulignez le verbe de la proposition subordonnée. Encadrez le mode et indiquez le temps du verbe. Précisez si la proposition subordonnée exprime un rapport d'antériorité, de simultanéité ou de postériorité par rapport à la proposition principale en entourant la bonne réponse.

a) Nous pensons qu'il avait raison.
Mode du verbe de la proposition subordonnée : indicatif ou subjonctif

Temps du verbe de la proposition subordonnée : ....
Antériorité/simultanéité/postériorité

b) Les enfants veulent que les beaux jours reviennent.
Mode du verbe de la proposition subordonnée : indicatif ou subjonctif

Temps du verbe de la proposition subordonnée : ....
Antériorité/simultanéité/postériorité

Je manipule

2 Complétez chaque proposition principale par une proposition subordonnée en respectant le rapport chronologique indiqué entre parenthèses.

a) Tous leurs amis disaient (simultanéité) ....

b) Tes parents souhaitent (postériorité) ....

c) Le guide touristique leur raconta (antériorité) ....

3 Transposez chaque phrase au style indirect en respectant les règles de la concordance des temps.
Ex : *Elle répond : « J'ai raison. »/ Elle répond qu'elle a raison.*

a) Les enfants s'écrièrent : « Nous sommes fatigués ! »

....

b) Pour les motiver, nous leur répétions : « Vous serez bientôt en vacances. »

....

c) Le directeur confia : « Je doute qu'elle ait compris la gravité de la situation. »

....

4 Transposez au présent l'extrait suivant.

Une femme, jalouse d'une rivale, écrit à son amant infidèle pour lui faire part de ses sentiments.

Je croyais que vous aviez pour moi une passion violente ; je ne vous cachais plus celle que j'avais pour vous ; et, dans le temps que je vous la laissais voir toute entière, j'appris que vous me trompiez, que vous en aimiez une autre et que, selon toutes les apparences, vous me sacrifiiez à cette nouvelle maîtresse.

Madame de Lafayette, *La Princesse de Clèves* (1678)

Je m'exprime

5 À la manière de l'épistolière de l'exercice précédent, imaginez une situation de rivalité (amoureuse, sportive, professionnelle...), marquée par la jalousie et le ressentiment. Racontez-la à la troisième personne du singulier, en insistant sur les pensées et les émotions du personnage concerné. Votre texte commencera par « Il/Elle comprenait que ».

La phrase

J'apprends

Complétez les exemples de la leçon par des exemples personnels.

À savoir : à la différence de la **phrase simple**, une **phrase complexe** comporte plusieurs **propositions**, qui se distinguent par un **noyau verbal** et son **sujet propre**.

Propositions indépendantes

Pouvant exister indépendamment les unes des autres, elles peuvent être associées par...

- **juxtaposition** : elles sont séparées par une **virgule**, un **point-virgule** ou **deux points**.

Ex. : *[Je lui annonçai la nouvelle]* **:** *[Mathilde était revenue] !*

Ex. : ……………………………………

- **coordination** : elles sont reliées par une **conjonction de coordination** (*mais, ou, et, donc, or, ni, car*) ou par un **adverbe de liaison** (*en effet, ensuite, alors, ainsi, pourtant, néanmoins*...).

Ex. : *[Il est très ému]* ***car*** *[il a retrouvé son amie d'enfance].*

Ex. : ……………………………………

Propositions subordonnées sans subordonnant

Les subordonnées infinitives

- Elles ont pour noyau un **infinitif** dont le sujet est différent de la principale et **complètent un verbe**.

Ex. : *Je regarde [**le soleil se lever**].*

Ex. : ……………………………………

Les subordonnées participiales

- Elles ont pour noyau un **participe** dont le sujet est différent de la principale et servent de **complément circonstanciel**.

Ex. : *[**L'hiver fini**], ils allèrent à la campagne.*

Ex. : ……………………………………

Proposition principale et proposition subordonnée

Elles sont liées par un rapport de subordination : la subordonnée est rattachée à la principale dont elle dépend.

Les subordonnées interrogatives indirectes

- Introduites par un **mot interrogatif** (*pourquoi, comment, quand...*), elles **complètent un verbe**.

Ex. : *On lui demanda [**comment il allait**].*

Ex. : ....

Les subordonnées relatives

- Introduites par un **pronom relatif** (*qui, que, quoi, dont, où, lequel, auquel, duquel...*), elles **complètent** ou **remplacent un nom**.

Ex. : *La porte [**qui donne sur l'extérieur**] est bloquée.*

Ex. : ....

Les subordonnées conjonctives

- Introduites par une **conjonction de subordination** (*si, parce que, quand, alors que, tellement [...] que...*), elles sont :

- **circonstancielles** lorsqu'elles servent de **complément circonstanciel** à la phrase.

Ex. : *Nous irons voir ce film [**dès qu'il sortira**].*

Ex. : ....

- **complétives** lorsque, introduites par « que », elles **complètent** un **verbe**, un **nom** ou un **adjectif**.

Ex. : *Je suis convaincu [**qu'il réussira**].*

Ex. : ....

À noter

- Les propositions peuvent être **enchâssées**. Ex. : *[Le lieu [**où il vit**] est insalubre].*

Ex. : ....

- Le sujet d'une proposition peut être **sous-entendu**.
Ex. : *[Il prit peur] et [s'enfuit].*

Ex. : ....

- Les subordonnées relatives et conjonctives complétives peuvent constituer le **sujet de la phrase**. Ex. : *[**Qui dort**] dîne./[**Qu'il s'amuse**] me fait plaisir.*

Ex. : ....

- Les propositions **incises** sont indépendantes ou principales.
Ex. : *Je vous admire, [**dit le renard**].*

Ex. : ....

J'identifie

1 Pour chacune des phrases suivantes, précisez la façon dont les propositions sont reliées entre elles (juxtaposition, coordination, subordination) et entourez les signes de ponctuation ou mots de liaison qui justifient votre réponse.

a Il sera de meilleure humeur quand il sera plus reposé. (..............................)

b Elle se prétend observatrice, or elle n'a pas su détecter son chagrin. (..............................)

c Comme il sortait très peu, il devenait de plus en plus taciturne. (..............................)

d C'est bien le printemps : les oiseaux chantent, les arbres bourgeonnent. (..............................)

2 Lisez le texte suivant et répondez aux questions.

Elle me parut si charmante que moi, qui n'avais jamais pensé à la différence des sexes, ni regardé une fille avec un peu d'attention, moi, dis-je, dont tout le monde admirait la sagesse et la retenue, je me trouvai enflammé tout d'un coup jusqu'au transport. J'avais le défaut d'être excessivement timide et facile à déconcerter ; mais loin d'être arrêté alors par cette faiblesse, je m'avançai vers la maîtresse de mon cœur.

L'abbé Prévost, *Manon Lescaut* (1731)

a **Délimitez les différentes propositions grammaticales avec des crochets et précisez leur nature.**

b **Quel est l'effet recherché par la construction syntaxique de la première phrase ?**

....

....

Je manipule

3 Construisez une phrase complexe en transformant les phrases simples en une proposition principale et sa subordonnée indiquée.

a J'admire cet homme. Le courage de cet homme est exceptionnel. (relative)

b Elle regarde les enfants. Les enfants jouent dans la cour. (infinitive)

c J'aimerais savoir. Que fabrique-t-il ? (interrogative indirecte)

d Il réussira avec aisance. J'en suis persuadé. (conjonctive complétive)

Je m'exprime

4 Évoquez un souvenir heureux, en employant quatre subordonnées de nature différente, que vous distinguerez par un jeu de couleurs.

J'apprends

Complétez les exemples de la leçon par des exemples personnels.

À savoir : les liens établis entre les différentes propositions grammaticales impliquent toutes sortes de significations.

La juxtaposition

- Reliées par un **signe de ponctuation faible**, les **propositions juxtaposées** comportent un lien **implicite**, déterminé par le **contexte**.

Ex. : *Les années passent, elle ne change pas.* (= Les années passent **mais** elle ne change pas. → opposition)

Ex. : ……………………………………………………………

- La juxtaposition peut s'apparenter à une **subordination implicite**.

Ex. : *Il se serait seulement excusé, je lui aurais pardonné.* (= S'il s'était seulement excusé, je lui aurais pardonné).

Ex. : ……………………………………………………………

Liens sémantiques dans les propositions indépendantes

La coordination

- Reliées par une **conjonction de coordination** ou un **adverbe de liaison**, les **propositions coordonnées** comportent un **lien explicite** exprimé par le mot ou la locution qui les unit.

Ex. : *Tu t'es bien démené,* ***alors*** *tu as mérité un peu de détente.* (→ conséquence)

Ex. : ……………………………………………………………

Liens sémantiques dans les propositions subordonnées

La subordination

- Reliées en général à la principale par un **mot** (ou locution) **subordonnant**, les **propositions subordonnées** établissent un **rapport de dépendance** avec elle, qui peut traduire toutes sortes de **relations temporelles ou logiques**.

→ **Les subordonnées conjonctives circonstancielles** expriment un **lien explicité par la conjonction** qui les introduit.
Ex. : *Je me méfie de ses traits d'esprit, **bien qu**'ils soient plaisants.* (→ concession)

Ex. : ....

→ **Les subordonnées participiales**, sans terme introducteur, supposent toujours une **information circonstancielle**.
Ex. : ***Son séjour ayant été prolongé**, il put profiter de la belle saison.* (→ cause)

Ex. : ....

→ **Les subordonnées relatives** peuvent exprimer une **relation logique implicite**.
Ex. : *Paul, **qui appréciait peu ces conversations**, se retira dans sa chambre.* (→ cause)

Ex. : ....

Rappel des principales relations logiques et chronologiques

- **Relation temporelle de simultanéité ou succession** (*quand, pendant que, depuis que, avant que...*)
- **Cause** (*car, en effet, parce que, puisque, comme...*)
- **Conséquence** (*donc, alors, ainsi, par conséquent, si bien que, tellement [...] que...*)
- **But** (*pour que, afin que, de peur que...*)
- **Opposition** (*mais, or, pourtant, toutefois, néanmoins, alors que...*)
- **Concession** (*pourtant, bien que, même si, quoique...*)
- **Condition** (*sinon, si, à condition que, pourvu que...*)
- **Addition** (*de plus, en outre, outre que, sans compter que...*)
- **Alternative** (*soit, ou, soit que...*)

J'identifie

1 Pour chacune des phrases suivantes, précisez la façon dont les propositions sont reliées entre elles (juxtaposition, coordination, subordination) ainsi que la relation de sens établie.

a Je ne peux pas te voir tout de suite, toutefois je serai libre demain. (............/............)

b Je suis prêt à tout pour qu'elle me pardonne. (............/............)

c Prends du repos, tu te sentiras mieux. (............/............)

d Son ami l'ayant durement sermonné, il ne put se détendre. (............/............)

e Dès qu'il la vit, il ressentit un grand trouble. (............/............)

2 Lisez le texte suivant et répondez aux questions.

[Cet obstacle franchi], [les chevaux repartis au trot], Meaulnes commençait à se fatiguer de

....

regarder à la vitre, s'efforçant vainement de percer l'obscurité environnante, [lorsque soudain, dans

....

la profondeur du bois, il y eut un éclair, suivi d'une détonation]. Les chevaux partirent au galop

....

et Meaulnes ne sut pas d'abord si le cocher en blouse s'efforçait de les retenir ou au contraire les

....

excitait à fuir. Il voulut ouvrir la portière. [Comme la poignée se trouvait à l'extérieur], il essaya

....

vainement de baisser la glace, [la secoua]...

....

Alain-Fournier, *Le Grand Meaulnes* (1913)

a Précisez dans le texte la nature des propositions entre crochets ainsi que la relation qu'elles expriment.

b Remplacez la conjonction « et » surlignée par un connecteur qui en explicite le sens.

Je manipule

3 Rétablissez le sens de ce texte en introduisant des connecteurs selon les indications entre parenthèses.

Sa peur était tangible .... (conjonction de subordination) il ne manquât pas de courage ; .... (adverbe de liaison), la créature qui se tenait devant lui était particulièrement répugnante, ... (conjonction de subordination) n'importe quel être sensé aurait fui sans tarder ; .... (conjonction de coordination) lui n'était pas n'importe qui : il se jeta brutalement sur elle .... (conjonction de subordination) elle eût le temps de l'attaquer la première.

Je m'exprime

4 Dénoncez un phénomène de société qui vous révolte, en variant les modes de liaison entre les propositions pour exprimer quatre relations logiques différentes.

....

....

....

....

....

....

....

....

....

....

Les propositions

J'apprends

Complétez les exemples de la leçon par des exemples personnels.

Les propositions subordonnées relatives

• **Dépendent d'une proposition principale**.
Ex. : *Je regarde un magazine* [***qui me plaît beaucoup***].
principale subordonnée

Ex. : ....

....

....

• **Sont rarement déplaçables**.
Ex. : *Le pull que je porte est chaud.*
~~*Le pull est chaud que je porte.*~~

Ex. : ....

....

....

....

• **Sont supprimables**, mais la phrase peut alors perdre des informations essentielles.
Ex. : *J'aime les gens* ~~*qui sont honnêtes*~~.

Ex. : ....

....

....

subordonnées relatives

- **Fonctionnent comme des adjectifs** : elles apportent des précisions au nom qu'elles complètent et peuvent permettre de l'identifier.

Ex. : *Prends la bouteille [**qui est sur la table de la cuisine**].*

Ex. : ....

....

- **Sont introduites par des pronoms relatifs** (*qui, que, quoi, dont, où, lequel, laquelle, desquels, auxquelles...*). Ces pronoms ont une fonction dans la subordonnée.

Ex. : *J'aime la femme [**qui** arrive].* → sujet

Ex. : ....

....

Ex. : *J'aime l'ami [**que** tu vois].* → COD

Ex. : ....

....

Ex. : *Les personnes [**dont** tu me parles sont inconnues].* → COI

Ex. : ....

....

Ex. : *C'est une ville [**où** je me sens bien].* → complément de lieu

Ex. : ....

....

Ex. : *C'est l'année [**où** je suis né].* → complément de temps

Ex. : ....

....

ENTRAÎNEMENT 10 Les propositions

J'identifie

1 Dans les phrases suivantes, délimitez entre crochets les propositions subordonnées relatives.

a) Je refuserai toutes les propositions que tu me feras.

b) Mon ami, qui revient du Brésil, est enchanté par son voyage.

c) Les amis dont tu te plains sont pourtant généreux.

d) Ce film que tout le monde apprécie est un épouvantable navet.

e) C'est le restaurant où se retrouvent toutes les stars.

f) Ce restaurant où se retrouvent toutes les stars sert une nourriture fade et sans goût.

2 Lisez l'extrait suivant et répondez aux questions.

Il s'agit du début de la nouvelle.

J'aime la nuit avec passion. Je l'aime comme on aime son pays ou sa maîtresse, d'un amour instinctif, profond, invincible. Je l'aime avec tous mes sens, avec mes yeux qui la voient, avec mon odorat qui la respire, avec mes oreilles qui en écoutent le silence, avec toute ma chair que les ténèbres caressent.

Guy de Maupassant, *La Nuit* (1883)

a) Délimitez entre crochets toutes les propositions subordonnées relatives du texte.

b) Entourez les mots introducteurs de ces subordonnées et indiquez leur fonction.

c) Lesquelles sont suppressibles ? Justifiez votre réponse.

Je manipule

3 Complétez les phrases suivantes par des propositions subordonnées relatives.

a) J'ai toujours voulu une maison.

....

b) C'est une vieille rue.

....

c) Un grand chien s'avance vers nous.

....

Je m'exprime

4 Collez une photographie représentant un paysage urbain. Décrivez ce paysage, en employant au moins cinq propositions relatives. Vous les délimiterez avec des crochets, entourerez les pronoms relatifs et indiquerez leur fonction.

....

....

....

....

....

J'apprends

Complétez les exemples de la leçon par des exemples personnels.

La proposition subordonnée relative

Fonctions possibles

Épithète

Ex. : *L'information* **[qu'il a révélée]** *fera grand bruit.*

Ex. : ....

....

Apposition

Ex. : *Cet homme*, **[que je méprise]**, *est célébré partout.*

Ex. : ....

....

Rôle du « que » (pronom relatif)

Il remplace un GN ou un autre **pronom**.

Ex. : *Elle n'est pas* **celle** *[***que** *vous croyez].*

Ex. : ....

....

Il occupe une **fonction dans la relative**.

- **COD**. Ex. : *L'affaire [***que** *nous* **suivons***] nous passionne.*
  COD de suivre

Ex. : ....

....

- **Attribut**. Ex. : *Elle déteste l'homme [***que je** *suis devenu].*
  Attribut du sujet ***je***

Ex. : ....

....

les subordonnées en « que »

La proposition subordonnée conjonctive

Fonctions possibles

Rôle du « que » (conjonction de subordination)

• **Il introduit** la proposition subordonnée conjonctive dite **complétive**, qui joue un rôle **essentiel** dans la phrase.

Sujet

Ex. : ***[Qu'il échoue]*** *me surprendrait beaucoup.*

Ex. : ....

Complément du verbe

• **COD**. Ex. : *Je pense* ***[qu'il viendra]***.

Ex. : ....

• **COI**. Ex. : *Il se rendit compte* ***[qu'elle avait disparu]***.

Ex. : ....

• **Attribut**. Ex. : *L'essentiel est* ***[que tu comprennes]***.

Ex. : ....

Complément de noms et d'adjectifs

• **Complément de nom**.

Ex. : *La peur* ***[qu'il échoue]*** *m'envahit.*

Ex. : ....

• **Complément d'adjectif.**.

Ex. : *Je suis heureux* ***[que tu m'approuves]***.

Ex. : ....

À noter

Ne pas confondre la subordonnée conjonctive complément du nom et la relative !

• **La conjonctive** donne un contenu essentiel au nom, le « que » sert juste de liaison, et elle peut être remplacée par un GN complément du nom. Ex. : *J'ai enfin la preuve* ***que tu as menti***. (= J'ai enfin la preuve **de tes mensonges**.)

Ex. : ....

• **La relative** précise une caractéristique du nom, que le pronom « que » reprend, et elle peut être remplacée par un adjectif. Ex. : *J'ai enfin la preuve* ***que j'espérais***. (= J'ai enfin la preuve **espérée**.)

Ex. : ....

J'identifie

1 Reliez les subordonnées en « que » au mot auquel elles se rattachent et précisez leur nature (relative ou conjonctive).

a Tu avais promis **[que nous partirions en vacances]**.

b Je connais très peu l'auteur **[que tu mentionnes]**.

c La nouvelle **[que je viens d'apprendre]** est épouvantable.

d Le messager apportait la nouvelle **[que le roi était malade]**.

e Elle est très déçue **[que tu ne lui aies pas écrit]**.

2 Lisez le texte suivant et répondez aux questions.

M. de Clèves sentit de la joie de voir que cette personne, qu'il avait trouvée si aimable, était d'une qualité proportionnée à sa beauté ; il s'approcha d'elle et il la supplia de se souvenir qu'il avait été le premier à l'admirer et que, sans la connaître, il avait eu pour elle tous les sentiments de respect et d'estime qui lui étaient dus.

Madame de La Fayette, *La Princesse de Clèves* (1678)

a Délimitez par des crochets rouges les subordonnées conjonctives et des crochets verts les subordonnées relatives introduites par « que ».

b Sous chacune d'entre elles, précisez sa fonction.

c Selon vous, quel sens ce cumul de propositions donne-t-il au passage ?

Je manipule

3 Complétez les phrases avec une proposition subordonnée introduite par « que » : écrivez les relatives en vert, les conjonctives en rouge et précisez leur fonction.

a J'ai enfin pris le temps de lire le livre ....

(Fonction : ....)

b Son avocat s'évertua à expliquer ....

(Fonction : ....)

c .... ne me rassure pas.

(Fonction : ....)

Je m'exprime

4 Formulez votre avis sur une lecture de votre choix, en employant au moins trois propositions relatives (soulignées en vert) et trois propositions conjonctives (soulignées en rouge) introduites par « que ».

....

....

....

....

....

....

....

....

....

....

Les propositions

J'apprends

Complétez les exemples de la leçon par des exemples personnels.

Les propositions subordonnées circonstancielles

- **Dépendent d'une proposition principale.**
  Ex. : *Le train partira [**quand le chef de gare sifflera**].*
  principale subordonnée

  Ex. : ....

  ....

  ....

- **Sont déplaçables.**
  Ex. : ***Quand on l'appelle**, le chien vient. / Le chien, **quand on l'appelle**, vient. / Le chien vient **quand on l'appelle**.*

  Ex. : ....

  ....

  ....

- **Sont supprimables** sans altérer le sens de la phrase.
  Ex. : *Je te déteste ~~parce que tu es cruel~~.*

  Ex. : ....

  ....

  ....

subordonnées circonstancielles

- **Sont introduites par des conjonctions** (*que, si, quand, comme, dès que, pour que, avant que*...).

Ex. : ***Quand*** *l'hiver viendra, nous partirons.*

Ex. : ....

....

- **Précisent les circonstances de l'action de la proposition principale**.

Ex. : *Il partira [**quand il sera prêt**] / [**dès qu'il le voudra**] / [**pendant que tu seras absente**].*
→ temps

Ex. : ....

....

Ex. : *Il partira [**parce que tu le rejettes**] / [**puisque tu pars aussi**] / [**étant donné qu'on l'ignore**].*
→ cause

Ex. : ....

....

Ex. : *Il partira [**pour qu'on le laisse tranquille**] / [**dans l'espoir qu'on l'oublie**].* → but

Ex. : ....

....

Ex. : *Il partira [**s'il sent qu'on le rejette**].* → condition

Ex. : ....

....

Ex. : *Il partira [**bien que tous l'aiment**].* → concession

Ex. : ....

....

ENTRAÎNEMENT 12 Les propositions

J'identifie

1 Dans les phrases suivantes, délimitez entre crochets les propositions subordonnées circonstancielles et précisez les indications qu'elles fournissent (temps, cause, etc.).

a) Nous nous battrons tant qu'il y aura des injustices. ……

b) Puisqu'il fait froid, nous resterons à l'intérieur devant la cheminée. ……

c) Aussi longtemps qu'il le faudra, je crierai mon innocence. ……

d) N'oublie pas, si tu pars, ton sac en cuir. ……

2 Lisez l'extrait suivant et répondez aux questions.

C'est un condamné à mort raconte qui parle.

Je n'ai plus **qu'une pensée, qu'une conviction, qu'une certitude** : condamné à mort ! Quoi que je fasse, elle est toujours là, cette pensée infernale, comme un spectre de plomb à mes côtés, seule et jalouse, chassant toute distraction, face à face avec moi misérable et me secouant de ses deux mains de glace quand je veux détourner la tête ou fermer les yeux. […] Avant même que mes yeux lourds aient eu le temps de s'entrouvrir assez pour voir cette fatale pensée écrite dans l'horrible réalité qui m'entoure, sur la dalle mouillée et suante de ma cellule, […] il me semble **que déjà une voix a murmuré à mon oreille** : « Condamné à mort ! »

Victor Hugo, *Le Dernier Jour d'un condamné* (1829)

a) Délimitez entre crochets les propositions subordonnées circonstancielles.

b) Précisez les indications qu'elles fournissent (temps, cause, etc.).

(c) Expliquez pourquoi les groupes de mots en gras ne sont pas des propositions subordonnées circonstancielles.

....

Je manipule

3 Dans chacune de ces phrases, ajoutez au moins une proposition subordonnée circonstancielle.

(a) Le voleur s'est enfui. ....

(b) Le train s'est arrêté au beau milieu de la campagne. ....

(c) La maison était vide. ....

Je m'exprime

4 Collez dans le cadre une photographie représentant un fait divers, que vous pouvez découper dans un journal. Décrivez cette photographie en utilisant au moins cinq propositions subordonnées circonstancielles, que vous délimiterez entre crochets.

....

....

....

....

J'apprends

Complétez les exemples de la leçon par des exemples personnels.

Pour exprimer la cause, on peut utiliser...

Un groupe de mots

- Dont la fonction est **complément circonstanciel de cause**
- préposition (*à cause de, en raison de, grâce à, pour...*) + GN, infinitif, groupe infinitif
Ex. : *Il s'est fait connaître **grâce à son livre**.*
- préposition en + gérondif
Ex. : ***En conduisant si vite**, il a provoqué un accident.*

Ex. : ....

- Dont la fonction est **apposition** : adjectif, participe adjectivé, GN apposé
Ex. : ***Timide**, elle n'est pas allée à leur rencontre.*

Ex. : ....

Une proposition coordonnée par un signe de ponctuation

Ex. : *Il se couche tôt **:** il est fatigué.*

Ex. : ....

Une proposition juxtaposée par une conjonction de coordination ou un adverbe

(*car, en effet, effectivement...*)
Ex. : *Il se couche tôt **car il est fatigué**.*

Ex. : ....

....

....

Une proposition subordonnée

- **De cause** introduite par *parce que, comme, puisque, vu que, étant donné que* + indicatif
Ex. : ***Comme il a plu**, la route est glissante.*

Ex. : ....

....

- **Participiale**
Ex. : ***Le réveil n'ayant pas sonné**, elle est arrivée en retard.*

Ex. : ....

....

....

conséquence et but

Pour exprimer la conséquence, on peut utiliser...

Une proposition juxtaposée par un signe de ponctuation

Ex. : *Il a fini, il peut partir.*

Ex. :……………………………………

Une proposition subordonnée circonstancielle de conséquence

- Introduite par *si bien que, de sorte que, si/tant/tellement...que, assez/trop...pour que*

Ex. : *Il a eu **tellement** mal **qu'il s'est évanoui**.*

Ex. :……………………………………

Une proposition coordonnée par une conjonction de coordination ou un adverbe

(*donc, ainsi, c'est pourquoi, par conséquent...*)

Ex. : *Il a fini son travail, **donc** il peut partir.*

Ex. :……………………………………

……………………………………

Un groupe de mots dont la fonction est complément circonstanciel de conséquence :

- Préposition (*au point de, assez/trop...pour*) + GN, infinitif, groupe infinitif

Ex. : *Elle a crié **au point de faire trembler les murs**.*

Ex. :……………………………………

Pour exprimer le but, on peut utiliser...

Un groupe de mots dont la fonction est complément circonstanciel de but

- **Préposition** (*pour, afin de, en vue de, de peur de, de crainte de...*) + GN, infinitif, groupe infinitif

Ex. : *Il se repose **en vue de sa prochaine course**.*

Ex. :……………………………………

Une proposition subordonnée circonstancielle de but

- Introduite par *pour que, afin que, de peur que, de crainte que...* + subjonctif

Ex. : *Elle berce son bébé **pour qu'il s'endorme**.*

Ex. :……………………………………

ENTRAÎNEMENT 13

J'identifie

1 Indiquez à côté de chaque phrase la relation logique exprimée. Soulignez le ou les groupes de mots qui l'introduisent.

a Il a tellement plu que la Seine est en crue.

....

b Le projet est annulé faute de financements.

....

c Pour avoir aidé un camarade en difficulté, Pierre a été félicité par son professeur.

....

d Nous avons réservé nos places à l'avance pour ne pas attendre dehors dans le froid.

....

e Elle est trop fatiguée pour se rendre à son cours de sport.

....

f Ils sont restés assis au fond de la salle de peur d'être reconnus par l'assemblée.

....

g En marchant vite, il a pu gravir la côte en moins de cinq minutes. ....

Je manipule

2 Choisissez le connecteur logique qui convient pour que chaque phrase exprime la conséquence.

a Edmond Dantès, alias le Comte de Monte Cristo, a été trahi par des proches jaloux.

.... il cherche à se venger.

b Edmond Dantès a été injustement emprisonné au Château d'If, ...

il cherche à se venger de ses ennemis qui l'ont fait enfermer.

c Edmond Dantès a subi une .... injustice ....

il cherche à se venger de ses ennemis.

3 Reformulez les phrases suivantes en exprimant la relation logique de plusieurs façons, selon les indications données.

a) Jean a payé une caution pour que son ami soit libéré.

- préposition + GN : ....

- afin de + groupe infinitif : ....

b) Ils partent en train parce que le billet d'avion coûte trop cher.

- préposition + GN : ....

- proposition subordonnée participiale : ....

Je m'exprime

4 Rédigez dix propositions pour inciter les citoyens à développer des habitudes et des gestes plus respectueux de l'environnement. Argumentez chacune de vos propositions en utilisant la cause, la conséquence ou le but, dont vous varierez l'expression.

....

....

....

....

....

....

....

....

....

....

....

LEÇON 14 L'hypothèse

J'apprends

Complétez les exemples de la leçon par des exemples personnels.

Pour exprimer l'hypothèse ou la condition, on peut employer...

Un système corrélatif

- Suite de deux propositions indépendantes juxtaposées ou reliées par *que*.

Ex. : ***Qu'il mente encore une fois****, je le punirai.* /
Ex. : ***Ment-il encore une fois****, je le punirai.*

Ex. : ....

....

Un groupe de mots...

→ dont la fonction est complément circonstanciel de condition

- **Préposition** (*en cas de, sous réserve de, sans...*) + GN

Ex : *Nous avons fait des réserves* ***en cas de pénuries****.*

Ex : ....

- **Préposition** (*à moins de, à condition de...*) + infinitif

Ex. : *Tu seras à l'heure* ***à condition de te lever à temps****.*

Ex. : ....

- **Gérondif**

Ex. : ***En installant une terrasse*** *le jardin serait plus agréable.*

Ex. : ....

→ dont la fonction est apposition

- **Adjectif** ou groupe adjectival apposé

Ex : ***Justifiée****, son absence ne lui porterait pas préjudice.*

Ex : ....

....

....

....

Une proposition subordonnée...

→ dont la fonction est complément circonstanciel de condition et qui est **introduite par *si*** (selon le degré de certitude de la condition exprimée, le temps verbal change)

- **Condition probable, éventualité** : si + présent (proposition subordonnée), futur (proposition principale)

Ex. : ***Si je m'entraîne***, *je gagnerai la course.*

Ex. : ....

....

- **Potentiel** (possible) ou irréel du présent (impossible) : si + imparfait (proposition subordonnée), conditionnel présent (proposition principale)

Ex. : ***Si nous gagnions au loto***, *nous ferions le tour du monde.*

Ex. : ....

- **Irréel du passé** (condition non réalisée dans le passé) : si + plus-que-parfait (proposition subordonnée), conditionnel passé (proposition principale)

Ex. : ***Si vous aviez appris l'espagnol***, *vous auriez compris la conversation.*

Ex. : ....

....

→ introduite par une autre locution que *si*

- *Dans l'hypothèse où, au cas où* + conditionnel

Ex. : *J'ai préparé des sandwichs* ***au cas où les restaurants seraient fermés***.

Ex. : ....

....

- *Pourvu que, à condition que, à moins que, à supposer que* + subjonctif

Ex. : *Il aura besoin d'une carte* ***à supposer qu'il ait pensé à en prendre une***.

Ex. : ....

....

ENTRAÎNEMENT 14 L'hypothèse

J'identifie

1 Reliez chaque proposition subordonnée à la principale qui convient.

Si Maria travaille, ●	● elle réussirait son examen.
Si Maria travaillait, ●	● elle aurait réussi son examen.
Si Maria avait travaillé, ●	● elle réussira son examen.

Je manipule

2 Reformulez la condition de différentes façons, en suivant les indications données.

Si mon chien guérit d'ici trois jours, je n'irai pas chez le vétérinaire.

- À condition que ....

- Dans l'hypothèse où ....

- En cas de ....

- Système corrélatif ....

3 Complétez les phrases ci-dessous en suivant les indications entre parenthèses.
Ex : *Le plat serait meilleur (proposition subordonnée introduite par si).*
→ *Le plat serait meilleur si tu y ajoutais des épices.*

a) Sa sœur partirait en vacances (proposition subordonnée introduite par si).

....

b) Tu t'instruirais intelligemment (gérondif).

....

c) Nous ne serons jamais à l'heure (préposition + groupe infinitif).

....

4 **Réécrivez les phrases suivantes en exprimant la condition autrement que par une proposition subordonnée introduite par *si*.**

a) S'il faisait beau, nous pourrions déjeuner dehors.

....

b) Si j'en ressens le besoin, je me coucherai tôt.

....

5 **Réécrivez les phrases suivantes en utilisant une proposition subordonnée de condition introduite par *si*.**

a) En pratiquant une activité physique régulière, il serait moins stressé.

....

b) Seule dans son bureau, elle se concentrerait davantage sur son travail.

....

Je m'exprime

6 **Les élèves d'un lycée souhaitent qu'un bal de fin d'année soit organisé. Formulez dix conditions auxquelles le bal peut se tenir.**

....

....

....

....

....

....

....

....

....

L'opposition

J'apprends

Complétez les exemples de la leçon par des exemples personnels.

Définition : L'opposition confronte deux faits. La concession énonce un fait, qui logiquement devrait en entraîner un autre, mais n'a pas eu cet effet ou bien a eu un effet contraire.

Pour exprimer l'opposition ou la concession, on peut employer...

Un groupe de mots

→ dont la fonction est complément circonstanciel d'opposition ou de concession :

- **Préposition** (*malgré, en dépit de, à défaut de, sauf*) + GN

Ex : *Il ne nous a pas écoutés, **malgré nos mises en garde**.*

Ex : ....

- **Préposition** (*au lieu de, sans, loin de, à défaut de*) + infinitif

Ex. : ***Au lieu de jouer avec ses amis**, il s'enferme seul dans sa chambre.*

Ex. : ....

- ***Même/Tout* + gérondif (en + participe présent)**

Ex. : ***Même en courant**, elle n'a pas pu rattraper le bus.*

Ex. : ....

→ dont la fonction est apposition :

- ***Quoique/Même* + GN, adjectif ou participe apposé**

Ex : ***Quoique préparé**, il n'a pas bien géré le temps de l'épreuve.*

Ex : ....

....

....

....

Une proposition subordonnée

→ **Proposition subordonnée circonstancielle de conséquence ou de concession :**

- ***Introduite par alors que, tandis que* + indicatif**

Ex : *Elle regarde un film* ***alors que son fils dort***.

Ex : ....

- **Introduite par *sans que, bien que, quoique* + subjonctif**

Ex. : ***Bien qu'il fasse beau***, *les rues sont désertes.*

Ex. : ....

- **Introduite par *quand bien même* + conditionnel**

Ex. : ***Quand bien même il aurait le temps***, *il ne travaillerait pas plus.*

Ex. : ....

→ **Proposition subordonnée relative :**

- ***Quoi/qui que* + subjonctif**

Ex : ***Quoi qu'il dise***, *il a toujours tort.*

Ex : ....

- ***Quelque* (+ nom) + que + subjonctif**

Ex. : ***Quelqu'argument que tu soutiennes***, *il ne t'écoute pas.*

Ex. : ....

- ***Quelque/ si/ aussi/ quel/ tout/ pour* (+ adjectif) que + subjonctif**

Ex. : ***Aussi timide qu****'il soit, il doit donner son avis.*

Ex. : ....

Des propositions juxtaposées ou coordonnées

→ **Deux propositions juxtaposées, avec dans la première :**

- **Emploi du verbe *avoir beau***

Ex : ***Elle a beau articuler***, *il ne comprend rien.*

Ex : ....

- ou, **sujet inversé et verbe au conditionnel** (ou subjonctif imparfait)

Ex. : ***Aurait-elle articulé***, *il n'aurait rien compris.*

Ex. : ....

→ **Deux propositions coordonnées par une conjonction de coordination ou un adverbe** (*mais, or, à l'inverse, en revanche, cependant, toutefois, néanmoins*)

Ex : *Elle veut faire des travaux dans la maison* ***mais ses enfants ne sont pas d'accord***.

Ex : ....

ENTRAÎNEMENT 15 L'opposition

J'identifie

1 Dans les phrases suivantes, soulignez les marques de l'opposition et de la concession.

a) Bien qu'ils s'apprécient, Pierre et Jean se disputent souvent.

b) Mathilde veut partir à la plage alors qu'il pleut des cordes.

c) Elle a beau chercher, elle ne trouve pas de chaussures à son goût.

2 Dans les phrases suivantes, soulignez les marques de l'opposition et de la concession.

a) « Quoique habillé d'un complet de soixante francs, il gardait une certaine élégance tapageuse, un peu commune, réelle cependant. » Guy de Maupassant, *Bel Ami* (1885).

b) « Quoique j'aie bien lu dans ce livre du monde, il y avait des pages qui cependant m'étaient inconnues. » Honoré de Balzac, *Le Père Goriot* (1835).

c) « Lui, souhaitait un amour éternel, toujours le même. Cependant, elle avait juré, et il la payait pour ça. Mais il la sentait menteuse, incapable de se garder, se donnant aux amis, aux passants, en bonne bête née pour vivre sans chemise. » Émile Zola, *Nana* (1880).

Je manipule

3 Complétez les phrases ci-après en exprimant l'opposition ou la concession et en suivant les indications entre parenthèses.

a) Pierre se ressert une part de gâteau (proposition subordonnée circonstancielle)

....

b) Tu as réussi ton examen (Même/tout + gérondif)

....

c) La boulangerie a fermé (préposition + GN)

....

4 Reformulez les phrases suivantes en utilisant une proposition subordonnée de concession ou d'opposition.

a) Malgré le froid, nous sommes sortis nous promener.

....

(b) Au lieu de se reposer, Marc a nettoyé la cave.

....

(c) Tout en discutant avec ses enfants, il continue à penser à son travail.

....

5 Reformulez les phrases suivantes en exprimant la concession et l'opposition autrement que par une proposition subordonnée circonstancielle.

(a) Le voilier sortit du port tandis que la nuit tombait.

....

(b) Bien qu'il ait gagné au loto, il continue à travailler.

....

(c) Tu fais la sieste quoique tu n'aies pas encore déjeuné.

....

Je m'exprime

6 Vous débattez avec un ami qui est favorable au développement de l'utilisation de la voiture. Vous n'êtes pas d'accord avec lui. Vous contrez ses arguments en avançant six propositions qui exprimeront chacune l'opposition ou la concession.

....

....

....

....

....

....

....

....

....

L'interrogation :

J'apprends

Complétez les exemples de la leçon par des exemples personnels.

L'interrogation totale	L'interrogation partielle
Définition	
Elle porte sur **toute la phrase** et attend une réponse par « **Oui** » ou « **Non** ». Ex. : *Avez-vous faim ?* Ex. :	Elle porte sur **une partie de la phrase** et attend une **réponse précise**. Ex. : *Que voulez-vous manger ?* Ex. : ....
Syntaxe **L'interrogation peut se construire…** **…grâce à une inversion simple du sujet (pronoms personnels).**	
Ex. : *S'**arrête**-t-**il** bientôt ?* Ex. :	Ex. : *Quand **finirez-vous** ?* Ex. : ....
…grâce à une inversion complexe du sujet (GN ou pronoms non personnels).	
Ex. : ***Celui-ci** te convient-**il** mieux ?* Ex. :	Ex. : *Pourquoi **ta sœur** ne viendrait-**elle** pas ?* Ex. : ....
…grâce à une inversion portée par « est-ce que ».	**…grâce à une inversion portée par « est-ce que » / « est-ce qui ».**
Ex. : ***Est-ce que** tout le monde va bien ?* Ex. :	Ex. : *Qui **est-ce qui** joue ?* Ex. : ....

poser des questions, se poser des questions

Les marqueurs de l'interrogation partielle

Elle peut être introduite par...

Un pronom interrogatif

- *Qui, que, quoi, lequel, laquelle, lesquelles...*

Ex. : ***Qui*** *veut venir avec moi ?*

Ex. : ....

Un déterminant interrogatif

- *Quel, quelle, quels, quelles...*

Ex. : ***Quel*** *âge avez-vous ?*

Ex. : ....

Un adverbe interrogatif

- *Où, quand, comment, pourquoi, combien...*

Ex. : ***Comment*** *en est-on arrivé là ?*

Ex. : ....

Les fausses questions

Certaines interrogations ne servent pas à poser une question.

L'interrogation à valeur d'ordre ou de demande

Ex. : *Peux-tu arrêter de crier ?*

Ex. : ....

L'interrogation rhétorique (valeur déclarative)

Ex. : *Ne vous l'avais-je pas dit ?*
(= Je vous l'avais bien dit !)

Ex. : ....

À noter

L'infinitif dans l'interrogation partielle

L'interrogation partielle peut se formuler à **l'infinitif** lorsque le sujet correspond à la première personne ou à un indéfini (l'action est envisagée pour elle-même).

Ex. : *À quoi bon* ***lutter*** *contre le destin qui me poursuit ?*

Ex. : ....

Ex. : *Comment* ***garder*** *la tête froide quand on connaît un succès fulgurant ?*

Ex. : ....

ENTRAÎNEMENT 16 L'interrogation :

J'identifie

1 Dites si les interrogations suivantes sont totales ou partielles et, le cas échéant, précisez la nature du mot interrogatif (que vous entourerez).

a Quelle fable va-t-il encore nous conter ? (……………………)

b As-tu eu l'occasion de voir l'un de ces films ? (……………………)

c Combien de fois devrais-je t'appeler ? (……………………)

d Y aura-t-il de la neige à Noël ? (……………………)

e Qui préférez-vous consulter ? (……………………)

2 Lisez le texte suivant et répondez aux questions.

HARPAGON, *seul, criant au voleur dès le jardin, et venant sans chapeau.*

Au voleur ! au voleur ! à l'assassin ! au meurtrier ! Justice, juste ciel ! Je suis perdu, je suis assassiné ; on m'a coupé la gorge : on m'a dérobé mon argent. Qui peut-ce être ? Qu'est-il devenu ? Où est-il ? Où se cache-t-il ? Que ferai-je pour le trouver ? Où courir ? Où ne pas courir ? N'est-il point là ? n'est-il point ici ? Qui est-ce ? Arrête.

Molière, *L'Avare*, acte IV, scène 7 (1668)

a Harpagon emploie-t-il majoritairement des interrogations totales ou partielles ? À quoi le voyez-vous ?

……………………

b Quel est l'intérêt, ici, de ces interrogations, selon vous ?

……………………

Je manipule

3 Pour chacune des réponses suivantes, formulez la question qui a pu être posée (les interrogations partielles porteront sur l'élément souligné).

a ……………………

Non, l'existence de vies extraterrestres n'a jamais été prouvée.

b ....

L'idée de jouer d'un instrument m'est venue dès l'âge de 6 ans.

c ....

Je te conseille de prendre le dernier candidat.

4 Reformulez les questions suivantes dans un langage plus soutenu en supprimant la tournure « est-ce que ».

a Comment est-ce qu'on peut encore être machiste aujourd'hui ?

....

b Est-ce que ce spectacle vous plaît ?

....

c Par qui est-ce que je pourrais le remplacer ?

....

Je m'exprime

5 Écrivez un monologue théâtral dans lequel votre personnage, frappé par un coup du sort, s'interroge sur sa situation, à l'aide d'interrogations totales et partielles, dont une question rhétorique.

....

....

....

....

....

....

....

....

LEÇON 17 Les interrogatives

J'apprends

Complétez les exemples de la leçon par des exemples personnels.

L'interrogation directe et indirecte

L'interrogation directe correspond à une phrase qui se finit à l'écrit par un point d'interrogation. Le sujet et le verbe sont inversés (à l'écrit et dans un langage soutenu à l'oral).

Si on peut répondre par oui ou par non à la question, on parle d'interrogation **totale**.

Ex. : *As-tu mangé ? Oui.*

Ex. : ....

Si la question porte sur une partie de la phrase, on parle d'interrogation **partielle**. → p. 78

Ex. : *Qu'as-tu mangé ? Une pomme.*

Ex. : ....

L'interrogation indirecte correspond à une question qui prend la forme d'une proposition subordonnée complétive appelée **interrogative indirecte**. La phrase se finit par un point et non par un point d'interrogation.

Une proposition subordonnée interrogative indirecte

Elle est introduite par un verbe tel que : *se demander, ne pas savoir, ignorer, demander.*

L'interrogative indirecte **partielle** est introduite par le même mot interrogatif **que** dans une interrogation directe partielle (*comment, pourquoi, lequel, où...*) sauf pour :

- « qu'est-ce qui » : remplacé par « ce qui ».
- « que, qu'est-ce que, quoi » : remplacés par « ce que ».

Ex. : *Je me demande pourquoi il vient / ce qui arrive / ce qu'il faut faire.*

Ex. : ....

L'interrogative indirecte **totale** est introduite par si.

Ex. : *Je me demande si c'est une bonne idée.*

Ex. : ....

Inversion sujet-verbe

• Lorsque le mot interrogatif « quel », dans une interrogative indirecte partielle, est épithète.
Ex. : *Nous lui demandons* ***quelle est sa couleur préférée***.

Ex. : ....

....

La place du sujet dans la proposition subordonnée complétive interrogative indirecte

Pas d'inversion sujet-verbe

• Dans une **interrogative indirecte totale** dont le sujet est un GN.
Ex. : *Je ne sais pas* ***si ma voisine a fini son travail***.

Ex. : ....

....

• Dans une **interrogative indirecte partielle** dont le sujet est un pronom personnel ou le pronom « ce ».
Ex. : *Tu ignores* ***dans quelle direction il va***.

Ex. : ....

....

Place libre du sujet dans la proposition

• Dans une interrogative indirecte partielle dont le sujet est un GN.
Ex. : *Elle te demande* ***pourquoi Sami veut partir.*** */ Elle te demande* ***pourquoi veut partir Sami***.

Ex. : ....

....

....

ENTRAÎNEMENT 17

J'identifie

1 Délimitez les propositions subordonnées interrogatives indirectes dans les phrases suivantes.

a « Enfin le duc d'Anjou s'imaginant tout d'un coup que ce qui faisait sa rêverie pouvait bien causer celle du Duc de Guise, lui demanda brusquement s'il pensait aux beautés de la princesse de Montpensier. » Madame de Lafayette, *La Princesse de Montpensier* (1662).

b « Je ne sais comment cela se faisait, mais j'éprouvais que le sentiment même de ma vie venait de se transformer en quelque chose qui n'était plus moi, et qui m'était plus cher que moi ! » Charles Nodier, *La Fée aux miettes* (1832).

Je manipule

2 Transformez les questions suivantes en propositions subordonnées interrogatives indirectes, à partir des propositions principales entre parenthèses.

a Va-t-il neiger ? (Maria se demande)

....

b Quel est le temps de cuisson de ce gâteau ? (J'ignore)

....

c Pourquoi faut-il porter un masque ? (L'enfant ne sait pas)

....

3 À partir des phrases suivantes, rédigez des phrases comportant des propositions subordonnées interrogatives indirectes partielles. Faites porter l'interrogation sur la partie en gras.
Ex : *Il s'est servi* ***deux parts de gâteau****. (Je me demande) / Je me demande combien de parts de gâteau il s'est servi.*

a **La physique chimie** m'intéresse le plus. (Elle ignore)

....

b Elle a fait **les courses** pendant ton absence. (Tu te demandes)

....

c C'est **le frère de Natacha** ! (Je ne sais pas)

....

4 **Pour chacune des phrases suivantes, rédigez à la fois une phrase comportant une proposition subordonnée interrogative indirecte totale et une phrase comportant une proposition subordonnée interrogative indirecte partielle.**
Ex : *Les élèves veulent retourner à l'école. (Il ne sait pas) > Il ne sait pas si les élèves veulent retourner à l'école. / Il ne sait pas ce que veulent les élèves.*

a) Les enfants mangent des légumes. (Elle se demande)

....

....

b) Marc et ses cousins regardent un film. (J'ignore)

....

....

Je m'exprime

5 **Imaginez une situation dans laquelle vous êtes désemparé et en proie à des émotions très fortes. Vous rédigerez un paragraphe dans lequel vous formulerez votre trouble, avec des propositions subordonnées interrogatives indirectes.**

....

....

....

....

....

....

....

....

....

....

J'apprends

Complétez les exemples de la leçon par des exemples personnels.

À savoir : la négation est une forme de phrase. Elle est souvent exprimée par des mots en corrélation : des mots séparés mais qui fonctionnent ensemble.

Les mots exprimant la négation

Adverbes

- *ne*
- *pas, point, aucunement, nullement, guère, plus, jamais + adverbes plus rare : goutte, mie*

Ex. : *Ce livre **n**'est **pas** intéressant.*

Ex. : ....

- *non* (adverbe de négation qui peut constituer un mot-phrase).

Conjonction de coordination

- *ni* (remplace *et / ou* dans une phrase négative)

Ex. : *Je ne veux **ni** céder **ni** plier.*

Ex. : ....

....

Pronoms

- *personne, nul, rien*

Ex. : ***Personne** n'a posé de questions.*

Ex. : ....

Déterminants

- *aucun, nul*

Ex. : *Il n'y a **aucun** témoin.*

Ex. : ....

Négations et registres de langues

- Dans un **registre de langue familier et à l'oral**, le « ne » est souvent effacé.

Ex. : *T'embête pas.*

Ex. : ....

- Dans un **registre de langue soutenu**, on peut employer le « ne » seul.

Ex. : *Il **ne** sut que faire.*

Ex. : ....

la négation sur le plan syntaxique

Types de négation

La négation totale

- Porte sur l'ensemble de l'énoncé.
- Est construite avec les adverbes « ne ... pas » (ou *point, aucunement, nullement*).

Ex. : *Paul **n'**est **pas** rentré.*

Ex. : ....

La négation partielle

- Porte sur une partie seulement de la phrase.
- Prend des formes variées : « ne » + mot négatif qui identifie l'élément nié.

Ex. : ***Personne n'**a écouté. (vs Quelqu'un a écouté ; certains ont écouté.)*
*Je **n'**ai lu **aucun** livre de Zola. (vs J'ai lu tous les livres de Zola.)*

Ex. : ....

La négation restrictive

- **N'est pas une négation** : elle correspond à la formulation d'une exception (= seulement, uniquement).
- Construite avec « ne... que ».

Ex. : *Je **n'**aime **que** le chocolat noir.*

Ex. : ....

La double négation

- Est construite par **deux négations** en relation de dépendance, qui s'annulent.
- Correspond à une affirmation renforcée.

Ex. : *Je **ne** peux **pas ne pas** vous répondre.*

Ex. : ....

Attention !

Le *ne* explétif

- Ne doit pas être confondu avec une négation.
- Apparaît après les verbes de crainte, de défense ou de doute et dans des circonstancielles introduites par *avant que, à moins que, de peur que*.

Ex. : *Je crains qu'il **ne** soit trop tard.*

Ex. : ....

J'identifie

1 Soulignez dans les phrases suivantes les mots en corrélation qui expriment la négation et donnez leur nature.

a Je n'ai jamais compris les paroles de cette chanson. ……

b Tu ne veux pas te resservir ? ……

c Personne n'est allé sur Mars. ……

d Rien ne l'intéresse. ……

e Nul n'ose le contredire. ……

2 Soulignez les mots négatifs en corrélation et indiquez si la négation est totale ou partielle.

a On ne trouve ce livre nulle part. ……

b Nous ne partons pas en vacances cette année. ……

c Nul n'est censé ignorer la loi. ……

d Je ne t'ai rien demandé. ……

e Aucun animal n'a été blessé. ……

3 Identifiez les négations restrictives et les *ne* explétifs dans les phrases suivantes.

a Je crains que tu ne te trompes. •

b Les consommateurs n'achètent que des produits locaux. •

c Il faut changer de technique avant qu'il ne soit trop tard. •

d À moins que tu ne te fournisses plus d'efforts, tes résultats vont chuter. •

e Ma cousine ne regarde que des séries américaines. •

• négation restrictive

• *ne* explétif

Je manipule

4 Donnez les formes négatives, totales et partielles des phrases suivantes.

a Samuel trouve toujours le temps de rendre visite à sa grand-mère.

b J'ai lu tous les romans de Balzac.

c On peut acheter des masques partout.

Je m'exprime

5 Présentez un texte lu en classe en cinq phrases négatives qui soulignent son originalité. Vous veillerez à utiliser des négations totales, partielles et restrictives.

J'apprends

Complétez les exemples de la leçon par des exemples personnels.

À savoir : la négation peut s'exprimer par des antonymes (dans des phrases de forme affirmative).

La négation lexicale

Antonymes formés par l'ajout d'un préfixe

- **Préfixes d'origine latine :**

- in-/ir-/il-/im-

Ex. : ***im****possible*, ***ir****respectueux.*

Ex. : ....

- dé-/dés-

Ex. : ***dés****équilibré*, ***dé****confinement.*

Ex. : ....

- dis-

Ex. : ***dis****proportionné*, ***dis****joint.*

Ex. : ....

- mal-

Ex. : ***mal****honnête*, ***mal****odorant.*

Ex. : ....

- mé-/més-

Ex. : ***mé****dire*, ***més****estimer.*

Ex. : ....

- **Préfixes d'origine grecque :**

- a-/an- (négation).

Ex. : ***a****social*, ***an****alphabète.*

Ex. : ....

....

- anti- (opposition).

Ex. : ***anti****constitutionnel*, ***anti****choc.*

Ex. : ....

....

la négation sur le plan lexical

Antonymes appartenant à des familles de mots différentes

Ex. : *chaud/froid, long/court, debout/assis, savoir/ignorer.*

Ex. : ....

....

....

non- : mot négatif fonctionnant comme un préfixe

- Le mot *non-* est le plus souvent joint au mot qu'il précède par un trait d'union.

Ex. : ***non***-*conformiste*, ***non***-*violence.*

Ex. : ....

....

....

sans : préposition

Ex. : *On peut survivre trois jours* ***sans*** *boire.*

Ex. : ....

....

....

ENTRAÎNEMENT 19

J'identifie

1 Soulignez le mot qui exprime la négation dans les phrases suivantes.

a) Cette histoire est invraisemblable.

b) L'abonnement est illimité.

c) Le lycée est un espace non-fumeurs.

d) La cave est insalubre.

2 Reliez les antonymes.

	• malhonnête
agréable •	• malfaisant
	• affreux
honnête •	• désagréable
	• néfaste
bienfaisant •	• fourbe
	• pénible

Je manipule

3 Formez les antonymes des mots suivants au moyen de préfixes.

mortel .... licite ....

lettré .... convergence ....

confiance .... conscient ....

politique .... approuver ....

4 **Réécrivez les phrases suivantes en employant une négation lexicale à la place de la négation syntaxique en gras.**

a L'athlète **n'a pas bien estimé** son concurrent.

....

b Le son de cette vidéo **n'est pas audible**.

....

c Le réparateur **ne me semble pas compétent**.

....

d **Je n'approuve pas** ta décision.

....

Je m'exprime

5 **Rédigez un texte dénonçant la déforestation. Vous utiliserez au moins dix mots qui expriment une négation : soulignez-les.**

....

....

....

....

....

....

....

....

....

....

LEÇON 20 La formation

J'apprends

Complétez les exemples de la leçon par des exemples personnels.

À savoir : il existe trois manières de créer des mots nouveaux en français.

La formation des mots

La dérivation : **préfixe + radical + suffixe**

Ajout d'un ou plusieurs affixes au radical, porteur du sens principal.

- **Préfixe** : ne modifie pas la classe grammaticale mais apporte une nuance de sens.

Ex. : ***a****normal*, ***pré****histoire*.

Ex. : ....

- **Préfixe + suffixe** : un mot peut subir plusieurs dérivations.

Ex. : ***in****habit****able***. ***dés****hydrata****tion***.

Ex. : ....

- **Suffixe** : modifie le plus souvent la classe grammaticale.

Ex. : *délicat****esse*** (nom formé par l'ajout du suffixe –esse à l'adjectif « délicat), *heureuse****ment*** (adverbe forme par l'ajout du suffixe –ment à l'adjectif « heureux »).

Ex. : ....

La composition : radical + radical

Association de deux unités lexicales (de diverses natures grammaticales) qui peuvent exister de manière autonome.

- **Composition savante** : le mot composé est formé par l'association de radicaux grecs ou latins.

Ex. : *anthropologie* (*anthropos*, homme + *logos*, étude), *biologie* (*bio*, vie + *logos*, étude).

Ex. : ....

....

- **Composition populaire** : le mot composé est formé de deux unités lexicales existant en français. Les éléments peuvent être :

- **soudés**. Ex. : *portefeuille, gendarme.*

Ex. : ....

- **unis** par un trait d'union.
Ex. : *porte-clés, arc-en-ciel.*

Ex. : ....

- **juxtaposés.** Ex. : *chaise longue.*

Ex. : ....

- **reliés** par une préposition (avec ou sans trait d'union). Ex. : *pomme de terre.*

Ex. : ....

L'emprunt : mot étranger → langue française

Appropriation d'un mot étranger, avec ou sans modifications.

- **Langues anciennes** (latin et grec).
Ex. : *ex æquo, forum, icône.*

Ex. : ....

....

- **Langues modernes** (comme l'italien, l'anglais ou arabe).
Ex. : *incognito, spaghetti, parking, chewing-gum, zéro, assassin.*

Ex. : ....

ENTRAÎNEMENT 20 La formation

J'identifie

1 Soulignez les mots construits par dérivation et entourez les mots composés.

archéologie – déshériter – sous-entendre – aigre-doux – intolérable – apiculture – télétravail – sournoisement

2 Identifiez les langues auxquelles les mots suivants ont été empruntés.

kidnapping : .... panini : ....

football : .... algèbre : ....

alchimie : .... fake news : ....

Je manipule

3 ⓐ Cherchez le sens des radicaux anciens suivants.

anthropo :	graphe/ie : ....
chrono :	mètre/ie : ....
géo :	phage/ie : ....

ⓑ Formez le plus de mots possible par composition savante, à partir des radicaux ci-dessus.

4 **a** Soulignez le radical et entourez le préfixe des mots du tableau suivant.

b Donnez un mot formé avec le même radical et un préfixe différent et précisez son sens.

	Mot de même radical mais avec un préfixe différent	Sens de ce mot
relier		
méfiance		

5 **a** Soulignez le radical et entourez le suffixe des mots du tableau ci-dessous, puis donnez leur classe grammaticale.

b Donnez ensuite un mot formé avec le même radical et un suffixe différent et notez sa classe grammaticale.

	Classe grammaticale	Mot formé avec le même radical et un suffixe différent	Classe grammaticale
amoureux			
tranquillement			

Je m'exprime

6 **a** Dans ce texte, soulignez les mots que le poète a inventés.

Le village formait, sur une éminence une éminence plus découpée.
Olopoutre et pailloché, avec ses petits toits égrissés et croquets, il fendait l'azur comme un petit navire excessivement couvert, surponté et brillant, brillant ! »

Henri Michaux, « Un dimanche à la campagne », *Plume, précédé de Lointain intérieur* (1938)

b Formulez des hypothèses sur le sens des mots soulignés en vous appuyant sur leur formation (radical et préfixes/suffixes).

J'apprends

Complétez les exemples de la leçon par des exemples personnels.

Les relations entre les mots

Les relations entre les différents sens d'un mot : la polysémie

En français, les mots sont très souvent polysémiques : ils ont plusieurs sens, liés entre eux, notamment...

- **Un sens propre** : (sens premier du mot, souvent concret).

Ex. : *Le renard* ***a dévoré*** *la poule.*

Ex. : ....

....

....

....

- **Un sens figuré** : (sens imagé, tiré du sens propre).

Ex. : *Il* ***a dévoré*** *son roman.*

Ex. : ....

....

....

....

Les relations de sens entre les mots : synonymie, antonymie et champ lexical

→ Synonymes

• **Mots de même classe grammaticale, de sens identique ou proche.**
Ex. : *magnifique/splendide, pitié/compassion.*

Ex. : ....

• Il existe des **synonymes** de différents registres de langue.
Ex. : *voiture/bagnole.*

Ex. : ....

→ Antonymes

• **Mots de même classe grammaticale, de sens contraires ou opposés.**
Ex. : *froid/chaud, tristesse/gaieté.*

Ex. : ....

• Les **antonymes** se forment parfois par dérivation, avec un préfixe.
Ex. : *heureux/malheureux.*

Ex. : ....

→ Champ lexical

• **Ensemble des mots qui se rapportent à un même thème.**
Ex. : *bois, forêt, tronc, feuilles, racines.*

Ex. : ....

ENTRAÎNEMENT 21 Les relations entre

J'identifie

1 Donnez le sens du mot en gras dans chaque phrase.

a) Le chat mange les **souris** ...

Les ordinateurs sont dotés de **souris**. ...

b) À l'école, les enfants apprennent à faire des **opérations**. ...

Le chirurgien se prépare pour **l'opération**. ...

L'opération de sauvetage est en cours ...

2 Reliez chaque mot à son synonyme et à son antonyme.

magnanime ●	● adorer ●	● gaiement
érudit ●	● injurier ●	● rancunier
lestement ●	● savant ●	● féliciter
invectiver ●	● tristement ●	● critiquer
aduler ●	● généreux ●	● lourdement
lugubrement ●	● adroitement ●	● ignare

3 Lisez le texte suivant et répondez aux questions.

Cette première pièce exhale une odeur sans nom dans la langue, et qu'il faudrait appeler l'odeur de pension. Elle sent le renfermé, le moisi, le rance ; elle donne froid, elle est humide au nez, elle pénètre les vêtements ; elle a le goût d'une salle où l'on a dîné ; elle pue le service, l'office, l'hospice. Peut-être pourrait-elle se décrire si l'on inventait un procédé pour évaluer les quantités élémentaires et nauséabondes qu'y jettent les atmosphères catarrhales et sui generis de chaque pensionnaire, jeune ou vieux.

Honoré de Balzac, *Le Père Goriot* (1834)

a) Dans l'extrait suivant, surlignez le champ lexical utilisé.

b) Nommez ce champ lexical. Quel est l'effet produit par son utilisation ?

...

...

Je manipule

4 Remplacez le mot en gras par un synonyme plus approprié dans chaque phrase.

a) Mais vous êtes trempés : vous n'avez pas échappé à **l'ondée** .... !

b) Le roman le plus connu de Victor Hugo **se nomme** .... *Les Misérables*.

c) Ils **partirent** .... tous ensemble au cinéma.

5 Réécrivez les phrases suivantes en utilisant un antonyme du mot en gras. Vous devrez aussi modifier d'autres mots dans la phrase pour être cohérent.

a) Ce médecin ne fait pas preuve de beaucoup de **chaleur** envers ses patients.

....

b) La situation risquait de ne pas **s'améliorer**.

....

c) Le professeur reproche à l'élève son manque de **clarté**.

....

Je m'exprime

6 Lisez le texte.

> Au commencement de la vie éphémère que mena le faubourg Saint-Germain pendant la Restauration, et à laquelle, si les considérations précédentes sont vraies, il ne sut pas donner de consistance, une jeune femme fut passagèrement le type le plus complet de la nature à la fois supérieure et faible, grande et petite, de sa caste. C'était une femme artificiellement instruite, réellement ignorante ; pleine de sentiments élevés, mais manquant d'une pensée qui les coordonnât [...].
>
> Balzac, *La Duchesse de Langeais* (1834)

a) Surlignez les antonymes dans cet extrait de roman.

b) Vers le commentaire de texte : analysez l'effet de ce jeu d'antonymes.

....

....

....

Les registres

J'apprends

Complétez les exemples de la leçon par des exemples personnels.

Les registres de langue

Registre familier

- **Syntaxe relâchée** (notamment pour les questions et la négation)
- **Expressions argotiques** (voire vulgaires)

Ex. : *Tu kiffes faire quoi ? / J'suis crevée, je peux plus taffer.*

Ex. : ....

....

....

Registre courant

- **Syntaxe correcte**
- **Registre neutre**

Ex. : *Qu'est-ce que tu aimes bien faire ? / Je suis fatiguée, je ne peux donc plus travailler.*

Ex. : ....

....

....

Registre soutenu

- **Syntaxe complexe**
- **Vocabulaire recherché**

Ex. : *À quels passe-temps vous adonnez-vous ? / Je suis éreintée. Aussi ne puis-je travailler davantage.*

Ex. : ....

....

....

....

À noter

- **Porosité des registres**
  Si les dictionnaires indiquent le registre de certains mots (*fam.* pour familier, *pop.* pour populaire, *littér.* pour littéraire), il n'existe pas de frontières claires entre les registres : les usages sont mouvants car la langue évolue.
- **Langage parlé/langage écrit ?**
  On résume souvent les différences de registres en une opposition entre langage parlé et langage écrit : si certains registres sont en effet plus adaptés pour des situations de communications orale ou écrite, certains auteurs font le choix d'utiliser dans leurs textes littéraires un registre de langue familier voire vulgaire, comme Louis-Ferdinand Céline ou Virginie Despentes.

J'identifie

1 Reliez les mots de chaque colonne, de manière à faire apparaître les synonymes aux registres de langue familier, courant et soutenu.

empirer ●	● très ●	● importun
kiffer ●	● colérique ●	● être féru de
super ●	● s'aggraver ●	● se détériorer
chiant ●	● ennuyeux ●	● irascible
rageux ●	● aimer ●	● fort

2 Reliez chaque formule de début de mail à la formule de fin de même registre.

Madame, Monsieur, ●	● A + ! bises
Salut ! ●	● Bien amicalement.
Bonjour, ●	● Je vous prie d'agréer, Madame, Monsieur, mes salutations distinguées.

3 Lisez le texte suivant et répondez aux questions.

— Et tu vas bien ? Dans ta vie, tout ça ?

— Est-ce que je suis heureuse ? Non. Je suis érémiste, quand j'ai du boulot, je suis smicarde. Ça réduit vachement l'agréable d'une vie, je vais te dire... je regrette absolument que dalle, si c'était à refaire, je referais tout pareil... mais je suis pas heureuse, non. J'ai envie d'une voiture, j'ai envie de partir en vacances, j'ai envie de m'acheter un walkman CD... Pas de faire la queue à la poste tous les débuts du mois pour à peine pouvoir payer ma note de téléphone.

Virginie Despentes, *Bye Bye Blondie* (2006).

a Quel registre de langue apparaît dans cet extrait ? Surlignez en couleur les différentes marques.

....

b Quel est l'effet produit ?

....

....

Je manipule

4 Identifiez le registre de langue utilisé dans les phrases suivantes, puis transformez-les en utilisant le registre de langue indiqué.

a) Fussiez-vous le meilleur, je ne vous recommanderais en aucun cas.

Registre de la phrase : ....

Nouveau registre : courant

....

b) Le prof, il t'a mis quoi comme note ?

Registre de la phrase : ....

Nouveau registre : courant

....

Je m'exprime

5 Inventez un dialogue entre deux personnages qui n'utilisent pas le même registre de langue, en mettant en avant de manière comique l'incompréhension qui peut en découler.

....

LEÇON 23 Comparer

J'apprends

Complétez les exemples de la leçon par des exemples personnels.

Les outils syntaxiques pour comparer

Les propositions subordonnées circonstancielles comparatives

- **Introduites par les conjonctions** ***de même, ainsi que, tel que***..., elles expriment la **conformité**.

Ex. : *Le plan s'est déroulé* ***tel qu****'il avait été prévu.*

Ex. : ....

....

- **Introduites par les conjonctions** ***alors que, tandis que***, elles expriment l'**opposition**.

Ex. : *Elle est constamment de bonne humeur* ***tandis que*** *son frère râle beaucoup.*

Ex. : ....

....

Les degrés de comparaison

- **Le comparatif d'égalité**

Ex. : *Marcus est* ***aussi*** *gentil* ***que*** *Jean.*

Ex. : ....

- **Le comparatif d'infériorité**

Ex. : *Anna est* ***moins*** *payée* ***que*** *Maxime.*

Ex. : ....

- **Le comparatif de supériorité**

Ex. : *Le thé vert me plaît* ***plus que*** *le thé noir.*

Ex. : ....

- **Le superlatif d'infériorité**

Ex. : *Alexis est* ***le moins*** *habile des frères.*

Ex. : ....

- **Le superlatif de supériorité**

Ex. : *Fatoumata est* ***la plus*** *intelligente de tous.*

Ex. : ....

Les outils lexicaux pour comparer

Des noms

Ressemblance, divergence, dissemblance, point commun...

Ex. : ....

Des adjectifs

Identique, pareil, similaire, différent, opposé...

Ex. : ....

Des verbes

Ressembler à, mettre en parallèle, se distinguer, différer de, s'opposer...

Ex. : ....

Des adverbes

Aussi, également, pareillement...

Ex. : ....

Des locutions avec préposition

Contrairement à, différent de, semblable à...

Ex. : ....

Les outils stylistiques pour comparer

La comparaison

- Crée un **lien explicite** entre deux éléments avec un outil de comparaison : *comme, semblable à, sembler, ressembler...*

Ex. : *Elle se maquillait* ***comme*** *une voiture volée.*

Ex. : ....

La métaphore

- Crée un **lien implicite** entre deux éléments sans outil de comparaison.

Ex. : *Utiliser la saison du « printemps » pour évoquer « la jeunesse de la vie ».*

Ex. : ....

La personnification

- Est une **métaphore** qui transforme un objet ou un animal ou une notion en humain.

Ex. : *Les insomnies dévorent mes nuits.*

Ex. : ....

L'allégorie

- Représente quelque chose d'abstrait de façon concrète, sous les traits d'un personnage.

Ex. : *Une femme aux yeux bandés, tenant une balance et une épée, est l'allégorie de la justice.*

Ex. : ....

ENTRAÎNEMENT 23 Comparer

J'identifie

1 Surlignez ce qui permet d'exprimer la comparaison. Indiquez le degré de comparaison.

a Vous les trouvez aussi bêtes l'un que l'autre. ....

b Ce roman est plus drôle que cette série. ....

c Il est plus blanc qu'un linge. ....

d Cette personnalité politique est moins connue que d'autres. ....

e Ce candidat est aussi intéressant que le précédent. ....

2 Indiquez les degrés de comparaison des adjectifs en gras.

a Cette maison est plus **lumineuse** que l'ancienne. ....

b Elle a été plus **chanceuse** que son adversaire. ....

c Le plus beau costume n'est pas forcément le plus **cher**. ....

d Je n'aurais pas dû choisir le shampooing le moins **cher**. ....

e Il a cueilli les fleurs les plus **colorées** du jardin. ....

3 Identifiez les figures de style utilisées dans les phrases suivantes.

a « Ce fut comme une apparition. » (Gustave Flaubert)

....

b « Une chère écriture est un portrait vivant. » (Marceline Desbordes-Valmore)

....

c « Chantez, compagnons, dans la nuit la Liberté nous écoute. » (Maurice Druon et Joseph Kessel)

....

d « Il considérait son panier à ouvrage avec ébahissement, comme une chose extraordinaire. » (Gustave Flaubert)

....

Je manipule

4 **Associez les éléments proposés dans une phrase en utilisant l'outil entre parenthèses.**

a) L'escalade / les sports (superlatif de supériorité)

....

b) Une charlotte aux fraises / une tarte aux framboises (comparatif d'égalité)

....

c) Une adaptation cinématographique / un roman (comparatif d'infériorité)

....

d) La voiture / le train (comparatif de supériorité)

....

Je m'exprime

5 **Vous décrirez un phénomène naturel en le comparant à un monstre. Vous utiliserez des outils variés pour exprimer la comparaison.**

....

....

....

....

....

....

....

....

....

....

Opposer

J'apprends

Complétez les exemples de la leçon par des exemples personnels.

Les outils syntaxiques pour opposer

Un groupe nominal introduit par une préposition (complément circonstanciel d'opposition) : *sauf, à l'inverse de, malgré...*
Ex. : ***À l'inverse de*** *mon frère, je me lève toujours de bonne humeur.*

Ex. : ....

....

Un infinitif introduit par *au lieu de, loin de, sans...*
Ex. : ***Au lieu de*** *pleurer, il a ri.*

Ex. : ....

....

Une proposition subordonnée conjonctive circonstancielle introduite par une conjonction : *alors que, tandis que, bien que, quoique...*
Ex. : *Elle a été élue* ***alors qu****'il n'a reçu aucune voix.*

Ex. : ....

....

Deux propositions coordonnées par les conjonctions de coordination *mais, or,* ou par les adverbes *en revanche, au contraire, cependant...*
Ex. : *Il n'aime pas la randonnée* ***mais*** *il adore skier.*

Ex. : ....

....

Les outils lexicaux pour opposer

Des antonymes

Visible/invisible, chaud/froid...

Ex. : ....

Des noms

Disparité, différence, opposition...

Ex. : ....

Des adjectifs

Différent, opposé, contraire, contrasté...

Ex. : ....

Des verbes

Se distinguer, différer, s'opposer...

Ex. : ....

Des adverbes

Contrairement (à), à l'inverse (de) ...

Ex. : ....

Les outils stylistiques pour opposer

L'antithèse permet le rapprochement de mots de sens contraires.
Ex. : *L'un est pauvre et bien portant, l'autre est riche et malade.*

Ex. : ....

....

L'oxymore associe deux mots liés grammaticalement et dont les sens sont contradictoires.
Ex. : *La tendre guerre avait précédé la paix armée.*

Ex. : ....

....

L'antiphrase consiste à dire le contraire de ce que l'on pense, en montrant qu'on pense le contraire de ce que l'on dit.
Ex. : *C'est du propre, on va devoir tout relaver !*

Ex. : ....

....

J'identifie

1 Surlignez ce qui permet d'exprimer l'opposition dans les phrases suivantes. À quelle catégorie appartient l'outil utilisé ?

a) À part cet incident regrettable, tout va bien. ....

b) Au lieu de te plaindre, souris ! ....

c) Il regarde par la fenêtre alors qu'il a un travail à faire. ....

d) Malgré ses encouragements, tu n'es pas motivé. ....

e) Tout le monde l'a félicitée, sauf lui. ....

2 Identifiez et interprétez les figures de style utilisées dans les phrases suivantes.

a) Sa fille venant de salir ses chaussures neuves en sautant dans une flaque d'eau boueuse, le père s'exclama : « Bravo, c'est du propre ! »

....

b) « Et monté sur le faîte, il aspire à descendre ». (Pierre Corneille)

....

c) Cette petite grande âme venait de s'envoler. (Victor Hugo)

....

d) « Le Canada est le paradis de l'homme d'affaires, c'est l'enfer de l'homme de lettres. » (Jules Fournier)

....

e) « La belle affaire qu'un teint fleuri. Quelques coquelicots sur tes joues, mon bonhomme, ça ne t'empêchera pas d'être du fumier. » (Jean-Paul Sartre)

....

f) « Elle se hâte avec lenteur ». (Jean de La Fontaine)

....

Je manipule

3 Complétez les phrases suivantes en exprimant une opposition.

a) Loin de se plaindre, ...

b) Chacun s'est réjoui, à l'inverse de ....

c) Tu as choisi de ....

et moi de ....

d) Nous adorons la Bretagne tandis que ....

e) Elle est venue mais ....

Je m'exprime

4 Rédigez un texte brossant le portrait d'un personnage seul s'opposant à un groupe. Votre texte comportera des outils variés pour exprimer l'opposition.

LEÇON 25 Insister

J'apprends

Complétez les exemples de la leçon par des exemples personnels.

Des outils syntaxiques pour insister

La phrase exclamative

- **Introduite par le déterminant exclamatif** *quel* ou par un adverbe exclamatif (*comme, que, combien...*)

Ex. : ***Quel*** *beau film !/****Comme*** *il est doué !*

Ex. : ....

Le détachement

- **Terme en début ou en fin de phrase** avec une reprise ou annonce pronominale.

Ex. : ***Il*** *est insupportable,* ***ce garçon****.*
Les rumeurs*, elle ne* ***les*** *écoute pas.*

Ex. : ....

L'encadrement

- **Présentatif et proposition subordonnée relative**.

Ex. : ***Voici*** *une pause* ***que*** *vous avez bien méritée. C'est lui qui l'a avoué en premier.*
Il y a une chose qu'*il ne t'a pas dite.*

Ex. : ....

Des outils lexicaux pour insister

Les termes portant eux-mêmes un degré fort de modalité

Détester, adorer, divin, infernal, splendeur, horreur...

Ex. : ....

Les adverbes modalisateurs

Très, extrêmement, absolument, à peine, aucunement...

Ex. : ....

Les préfixes ou suffixes

Archi*beau,* ***hyper****intéressant, verd****âtre****, charmant****issime****...*

Ex. : ....

Des outils stylistiques pour insister

L'anaphore

- Consiste à **répéter un mot ou un groupe de mots** en début de vers, de paragraphes ou de phrases. Elle crée un effet d'insistance.

Ex. : ***J'ai peur*** *des microbes.* ***J'ai peur*** *des contacts avec les gens.* ***J'ai peur*** *de la foule.*

Ex. : ....

L'épiphore

- Est l'équivalent de l'anaphore mais se situe à la fin.

Ex. : *Les microbes,* ***cela m'angoisse****. Les contacts avec les gens,* ***cela m'angoisse****.*
La foule, ***cela m'angoisse****.*

Ex. : ....

L'énumération

- Consiste à utiliser dans une même phrase au moins trois mots ou groupes de mots de même nature et de sens proches ou appartenant au même champ lexical.

Ex. : *Il est jeune, beau, intelligent, charmant et drôle.*

Ex. : ....

La gradation

- Est proche de l'énumération mais l'ordre des mots présente une progression soit dans la signification (du moins intense ou plus intense) ou dans la forme (du plus court au plus long).

Ex. : *Un simple retard l'inquiète puis l'angoisse puis le terrifie.*

Ex. : ....

L'hyperbole

- Sert à exagérer.

Ex. : *Son père est un géant.*

Ex. : ....

ENTRAÎNEMENT 25 Insister

J'identifie

1 Sur quels termes les phrases suivantes insistent-elles ? Comment ?

a) Des idées, tu n'en as trouvées aucune !

b) C'est moi qui ai fait tout le travail.

c) Quel gâchis !

d) Tu m'as extrêmement déçue.

e) J'ai hâte d'observer ce phénomène rarissime.

2 Dans le texte suivant, surlignez les anaphores et analysez-les.

La liberté ne se demande pas, Madame, elle se prend. Elle se prend quand c'est possible, bien sûr. Quand la surveillance se relâche, quand le règlement n'est plus appliqué, quand la révolte gronde, quand les draps sont noués bout à bout, que le plan du bâtiment est prêt, que les habitudes des gardiens sont connues, que la complicité s'organise et qu'on aura de quoi vivre à la sortie. La liberté n'est pas un mot magique qu'il suffit de prononcer pour être libre. La liberté ne s'improvise pas. Il faut bien surveiller les moments. Jamais, me semble-t-il, les circonstances n'ont été aussi favorables qu'aujourd'hui. Il n'y faut que de l'audace et de la solidarité. Or, ce sont justement, Madame, les deux qualités qui vous manquent le plus. Vous n'osez pas oser. Vous avez peur, peur de ne pas pouvoir, peur d'être empêchée, peur d'échouer, peur d'être punie, peur de manquer, peur d'être seule, peur d'être ridicule, peur du qu'en dira-t-on, peur de tout.

Françoise Parturier, *Lettre ouverte aux femmes* (1974)

Je manipule

3 Utilisez les outils indiqués entre parenthèses pour compléter les phrases.

a) La salle était pleine .... (ajout d'un préfixe et d'une hyperbole)

b) Il sourit ....

.... (ajout d'une gradation)

4 Réécrivez les phrases suivantes en insistant sur le propos en gras.

a) Il est **triste**.

....

b) Il fait souvent des **cauchemars**.

....

Je m'exprime

5 Rédigez un texte dans lequel un personnage qui n'aime pas les stéréotypes de genre doit s'occuper d'une petite fille obsédée par le rose. Utilisez différents moyens pour insister sur le mécontentement d'un des personnages.

....

Modaliser

J'apprends

Complétez les exemples de la leçon par des exemples personnels.

Des outils syntaxiques

• **Les types de phrases** déclaratif, exclamatif, injonctif et interrogatif.
Ex. : *Faut-il donc abandonner ces enfants à ce sort déplorable ?* : le type interrogatif renforce l'expression de l'indignation.

Ex. : ....

• **Les formes de phrases** affirmative/négative, active/passive, emphatique/neutre, personnelle/impersonnelle.
Ex. : *C'est avec joie que je vous le présenterai.* → La forme emphatique met en valeur le complément circonstanciel de manière « avec joie ».

Ex. : ....

Ex. : *Elle n'est pas influencée par ses propos.* → Les formes négative et passive insistent sur l'indépendance du sujet.

Ex. : ....

Ex. : *Il est vrai que le plat manque de sel.* → La forme impersonnelle accentue l'acquiescement du locuteur.

Ex. : ....

Des outils lexicaux

• **Des termes affectifs**, liés à l'expression du sentiment du locuteur.
Ex. : ***Pauvres*** *enfants, quelle* ***horrible*** *épreuve à vivre !*

Ex. : ....

• **Des termes évaluatifs**, liés à l'expression du jugement du locuteur.
Ex. : *Tes* ***soi-disant*** *amis t'ont bien menti.*

Ex. : ....

La modalisation

est l'opération qui, aux moyens d'outils linguistiques, met en valeur l'attitude du locuteur envers son propos. Pour modaliser, on peut utiliser...

Des temps verbaux

- **L'imparfait** : expression d'une hypothèse, d'un souhait, d'une demande polie ou d'un événement qui n'a pas eu lieu en dramatisant la situation.

Ex. : *S'il **venait**, je serais ravie. Nous **voulions** vous demander votre avis. Sans cet ingrédient, la recette **était** gâchée.*

Ex. : ....

- **Le futur** : expression d'un ordre, une promesse, une atténuation ou une indignation face à une situation jugée probable.

Ex. : *Tu ne **tueras** point. Nous y **serons** ! Avec une telle météo, quel plaisir ce **sera** !*

Ex. : ....

Des modes verbaux

- **Le conditionnel** : valeur hypothétique, expression de la demande ou d'un conseil atténué, d'une information incertaine.

Ex. : *S'il pleuvait, cela **ferait** du bien aux arbres. Tu **devrais** te méfier. Un chercheur **aurait trouvé** un vaccin.*

Ex. : ....

- **L'impératif, l'infinitif ou le subjonctif** : expression de l'ordre ou du conseil.

Ex. : ***Lavez** à froid. À **laver** à froid. Qu'il les **lave** à froid.*

Ex. : ....

- **Le subjonctif** : expression d'un souhait.

Ex. : ***Puisses**-tu être exaucé.*

Ex. : ....

ENTRAÎNEMENT 26

Modaliser

J'identifie

1 Surlignez les outils utilisés pour modaliser le propos. Analysez-les.
Ex : *Il est vrai que ce prétendu médecin raconte des sornettes.* → La tournure impersonnelle « il est vrai que », le vocabulaire évaluatif « prétendu » et le vocabulaire péjoratif « sornettes » redouble le propos du locuteur.

a) C'est toujours avec joie qu'ils travaillent ensemble.

b) Puissiez-vous rentrer en bonne santé !

2 Lisez le texte suivant, écrit par Molière pour se moquer des détracteurs de *L'École des femmes*, qui jugeaient la pièce immorale. Dans cet extrait, des précieuses discutent de la pièce.

CLIMÈNE. Enfin il faut être aveugle dans cette pièce, et ne pas faire semblant d'y voir les choses.

URANIE. Il ne faut pas y vouloir voir ce qui n'y est pas.

CLIMÈNE. Ah ! je soutiens, encore un coup, que les saletés y crèvent les yeux.

URANIE. Et moi, je ne demeure pas d'accord de cela.

CLIMÈNE. Quoi la pudeur n'est pas visiblement blessée par ce que dit Agnès dans l'endroit dont nous parlons ?

URANIE. Non, vraiment. Elle ne dit pas un mot, qui de soi ne soit fort honnête ; et si vous voulez entendre dessous quelque autre chose, c'est vous qui faites l'ordure, et non pas elle ; puisqu'elle parle seulement d'un ruban qu'on lui a pris.

Molière, *La Critique de l'École des femmes* (1662)

a) Reformulez en une phrase la position de chaque précieuse.

b) Surlignez ce qui permet de modaliser les propos des personnages et analysez ces procédés dans la marge.

Je manipule

3 Réécrivez les phrases suivantes en les modalisant pour leur donner un sens atténué.
Ex : *Une lumière dorée illuminait somptueusement la pièce.* → *Une lumière éclairait la pièce.*

a) J'ai dévoré son dernier roman, il est admirable !

....

b) Ces murs jaunâtres, ce sera sans moi.

....

4 Réécrivez les phrases suivantes en les modalisant pour leur donner un sens renforcé.
Ex : *L'écrivain rêve d'abord puis il rime.* → *L'écrivaillon rêvasse d'abord puis il rimaille.*

a) La navigatrice a achevé son voyage. ....

b) La voiture est ancienne. ....

Je m'exprime

5 Rédigez un dialogue de théâtre opposant deux personnages à propos de l'usage des écrans chez les enfants. Les propos des personnages seront modalisés.

....

....

....

....

....

....

....

....

J'apprends

Complétez les exemples de la leçon par des exemples personnels.

Introduire une opinion : *à mon avis, d'après moi, selon moi...*

Ex. : ....

....

Les outils pour exprimer une opinion

Formuler une opinion : *je considère, j'estime, je pense...*

Ex. : ....

....

Donner une opinion avec conviction : *assurément, certainement, il est certain, indubitablement sans nul doute...*

Ex. : ....

....

Les outils pour nuancer une opinion

Atténuer une opinion

- **Adverbes et groupes prépositionnels** : *peut-être, sans doute, vraisemblablement…*

Ex. : ……………………………………………………………

- **Tournures verbales** : *j'aurais tendance à penser, il nous semble, il est probable…*

Ex. : ……………………………………………………………

Introduire une concession

- **Conjonctions de subordination, adverbes et groupes prépositionnels** : *en dépit de, malgré, quoique…*

Ex. : ……………………………………………………………

……………………………………………………………

- **Tournures verbales** : *je reconnais, il est vrai…*

Ex. : ……………………………………………………………

……………………………………………………………

Présenter la simultanéité de deux opinions formant une opinion globale nuancée

- **Adverbes et groupes prépositionnels** : *corrélativement, en même temps, parallèlement…*

Ex. : ……………………………………………………………

- **Constructions doubles** : *d'un côté… de l'autre…, si… aussi…*

Ex. : ……………………………………………………………

ENTRAÎNEMENT 27 Nuancer

J'identifie

1 Surlignez les outils utilisés pour nuancer le propos et analysez-les.

a) En dépit d'efforts remarquables, il n'a pas réussi à se qualifier pour les Jeux Olympiques.

b) Nous estimons que la présomption d'innocence doit être mieux respectée.

2 Lisez le texte suivant et répondez aux questions.

En 1668, La Fontaine dédie le premier recueil des Fables *au fils de Louis XIV, âgé de sept ans, et s'adresse à lui dans la préface.*

À Monseigneur le Dauphin

Vous êtes en un âge où l'amusement et les jeux sont permis aux princes ; mais en même temps, vous devez donner quelques-unes de vos pensées à des réflexions sérieuses. Tout cela se rencontre aux fables que nous devons à Ésope. L'apparence en est puérile, je le confesse ; mais ces puérilités servent d'enveloppe à des vérités importantes.

Je ne doute point, Monseigneur, que vous ne regardiez favorablement des inventions si utiles et tout ensemble si agréables ; car que peut-on souhaiter davantage que ces deux points ? Ce sont eux qui ont introduit les sciences parmi les hommes. Ésope a trouvé un art singulier de les joindre l'un avec l'autre ; la lecture de son ouvrage répand insensiblement dans une âme les semences de la vertu, et lui apprend à se connaître, sans qu'elle s'aperçoive de cette étude, et tandis qu'elle croit faire tout autre chose. C'est une adresse dont s'est servi très heureusement celui sur lequel Sa Majesté a jeté les yeux pour vous donner des instructions. Il fait en sorte que vous appreniez sans peine, ou, pour mieux parler, avec plaisir, tout ce qu'il est nécessaire qu'un prince sache. Nous espérons beaucoup de cette conduite.

Jean de La Fontaine, *Fables* (1668)

a) Surlignez ce qui permet à l'auteur d'affirmer son opinion et soulignez ce qui lui permet de nuancer ses propos.

b) Lorsque La Fontaine affirme que les fables sont « si utiles et tout ensemble si agréables », quelle opinion développe-t-il ? Comment l'exprime-t-il ?

Je manipule

3 Nuancez les opinions avancées dans les citations suivantes en variant les types de nuance : atténuation, concession, contradiction.

a « La raison du plus fort est toujours la meilleure. » (Jean de La Fontaine)

....

b « Tout le plaisir de l'amour est dans le changement. » (Molière)

....

c « On croit qu'on va faire un voyage, mais bientôt c'est le voyage qui vous fait, ou vous défait. » (Nicolas Bouvier)

....

Je m'exprime

4 « L'enfant apprend mieux lorsqu'il s'amuse ». Vous répondrez à cette affirmation dans un paragraphe argumenté. Vous choisirez entre l'atténuation, la concession et la contradiction.

....

....

....

....

....

....

....

....

....

....

J'apprends

Complétez les exemples de la leçon par des exemples personnels.

Définition

Réfuter un propos : contrer un propos par une démonstration argumentée qui cherche à en montrer la fausseté.
Thèse adverse : idée que l'on souhaite contredire.
Thèse défendue : idée que l'on souhaite prouver.
Contre-arguments : arguments opposés à ceux de la thèse adverse.

Les types de raisonnement

Un raisonnement critique rejette la thèse adverse en la critiquant.
Ex. : *Selon certains conservateurs, le travail des femmes désorganise la société en bouleversant l'ordre familial. Au contraire, nous pensons qu'il structure une société plus égale où les femmes sont émancipées et ainsi libres de fonder ou non une famille.*

Ex. : ....

....

Un raisonnement concessif reconnaît, dans un premier temps, la validité partielle de la thèse adverse, pour pouvoir mieux s'y opposer ensuite par des contre-arguments.
Ex. : *Certes, de plus en plus de femmes accèdent désormais à la tête des grandes entreprises mais cela ne remet pas en cause la nécessité de lutter encore pour l'égalité lorsqu'on analyse les chiffres de plus près.*

Ex. : ....

....

....

Un raisonnement par l'absurde développe la thèse adverse comme si elle était totalement adoptée, pour en montrer l'absurdité.
Ex. : « *Une preuve que les nègres n'ont pas le sens commun, c'est qu'ils font plus de cas d'un collier de verre que de l'or, qui chez des nations policées, est d'une si grande conséquence* ». *(Montesquieu,* De l'Esprit des lois*)*

Ex. : ....

....

....

La discussion peut s'exprimer par :

- **des verbes** : *atténuer, débattre, discuter, nuancer…*

Ex. : ……………………………………………………………………………………

- **des constructions doubles** : *d'un côté…, de l'autre… ; certes…, mais… ; si…, cependant…*

Ex. : ……………………………………………………………………………………

- **des connecteurs logiques** : *ainsi, au contraire, car, mais, or, tout d'abord, ensuite, enfin…*

Ex. : ……………………………………………………………………………………

Le vocabulaire de la discussion et de la réfutation

La réfutation peut s'exprimer par :

- **des verbes** : *critiquer, nier, réfuter, répondre, s'opposer (à)…*

Ex. : ……………………………………………………………………………………

- **des connecteurs logiques** : *au contraire, aussi, cependant, mais, or, par conséquent, pourtant…*

Ex. : ……………………………………………………………………………………

ENTRAÎNEMENT 28

Discuter

J'identifie

1 Quels types de raisonnements identifiez-vous dans les phrases suivantes ?

a D'après ma tante, trier ses déchets ne sert à rien. Nous pensons en revanche que chaque geste compte et qu'il faut que chaque individu fasse sa part.

b Contrairement à ce que tu avances concernant les bienfaits de la charcuterie, je ne pense pas que cela soit une nourriture saine et je préfère donc ne pas en consommer.

2 Lisez cet extrait et répondez aux questions suivantes.

MARC. Tu ne vois pas que subitement, de la façon la plus grotesque qui soit, Serge se prend pour un « collectionneur ».

YVAN. Hun, hun…

MARC. Désormais, notre ami Serge fait partie du Gotha des grands amateurs d'art.

YVAN. Mais non !…

MARC. Bien sûr que non. À ce prix-là, on ne fait partie de rien, Yvan. Mais lui, le croit.

YVAN. Ah oui…

MARC. Ça ne te gêne pas ?

YVAN. Non. Si ça lui fait plaisir.

MARC. Qu'est-ce que ça veut dire, si ça lui fait plaisir ?! Qu'est-ce que c'est que cette philosophie du si ça lui fait plaisir ?!

YVAN. Dès l'instant qu'il n'y a pas de préjudice pour autrui…

MARC. Mais il y a un préjudice pour autrui ! Moi je suis perturbé mon vieux, je suis perturbé et je suis même blessé, si, si, de voir Serge, que j'aime, se laisser plumer par snobisme et ne plus avoir un gramme de discernement.

Yasmina Reza, *Art* (1994)

a Quelle est la position de Marc à propos de Serge ?

b Quelle est la position d'Yvan à propos de Serge ?

c Dans la dernière réplique, analysez l'argument développé par Marc.

Je manipule

3 Réfutez les thèses suivantes en une ou deux phrases utilisant le type de raisonnement indiqué.

a Le silence est d'or. (raisonnement concessif)

b Les punitions sont éducatives. (raisonnement critique)

Je m'exprime

4 Imaginez le désaccord entre deux personnages à propos du régime végétarien. Votre texte sera présenté sous la forme d'un dialogue.

J'apprends

Pour organiser un texte

On peut découper le texte en paragraphes
Chaque paragraphe développe une idée précise et claire.

On peut reprendre des noms pour éviter les répétitions et structurer le texte.

- Par des **noms ou GN**.

Ex. : *Louis XIV s'installe à Versailles.* .... *veut un grand palais qui fera de lui* ....

- Par des **pronoms**.

Ex. : *Le chat est grimpé sur le toit.* .... *est coincé. Je vais* .... *chercher.*

On peut utiliser des liens logiques, qui sont des adverbes ou des conjonctions. Ils permettent :

- **de justifier son propos** (*car, puisque, parce que, en effet, ...*).
- **d'énumérer ou d'ajouter des éléments** (*d'abord, ensuite, puis, également, de plus, en outre, par ailleurs, enfin ; d'une part, d'autre part, ...*).
- **de montrer une opposition** (*mais, toutefois, néanmoins, cependant, or, pourtant*).
- **de nuancer son propos** (*certes, bien que, même si, ...*).
- **de conclure** (*ainsi, enfin, c'est pourquoi, finalement, ...*).

Exemple

Capitaine Super Héros met en scène, une nouvelle fois, notre héros préféré. Un super vilain, nommé Dark Master, vient de dérober des bombes nucléaires et il menace de détruire le monde. Seul le gardien de la galaxie peut sauver l'univers d'un tel danger. Mais il aura aussi besoin d'alliés pour le seconder...

Dans ce film, on apprécie d'abord les effets spéciaux : en effet, ils sont toujours aussi spectaculaires. Les combats sont impressionnants et chorégraphiés au millimètre. Surtout, le héros, Capitaine, est toujours aussi musclé et charmant et il adore se servir de ses points.

Toutefois, on se lasse vite de ces scènes répétitives, de ce méchant qui ressemble à tous les autres. Enfin, notre héros, certes très musclé et souriant, semble bien fade.

J'identifie

1 Dans les phrases suivantes, entourez les reprises des mots en gras et indiquez leur classe grammaticale (nom, pronom, etc.)

a Je me promène à **Paris** : c'est une ville merveilleuse.

b J'ai appelé **mes sœurs** mais aucune d'elles ne me répond.

c J'arrive en **Italie**, c'est un pays qui m'a toujours attirée.

d Il voulait partir en **été** mais je lui déconseille la saison des moussons.

e **La présidente** a multiplié les promesses, mais qui peut la croire.

Je manipule

2 Dans chacune des phrases suivantes, ajoutez le ou les liens logiques appropriés.

a C'est une belle ville, il y fait froid. Je ne désire pas y aller.

b Nous resterons à la maison, nous sommes fatigués.

c Tu ne nettoies pas ta chambre, tu vides le frigo. Je ne te supporte plus.

d Il a pris le train et moi l'avion. Nous ne nous sommes pas croisés.

Je m'exprime

3 **Cherchez une photographie représentant une destination de vacances. Expliquez pourquoi vous aimeriez ou non partir dans un tel lieu. Votre texte sera organisé en paragraphes et présentera des liens logiques ainsi que des reprises nominales et pronominales.**

Synthétiser

J'apprends

Complétez les exemples de la leçon par des exemples personnels.

Supprimer

- **Les exemples ou éléments à caractère illustratif**

Ex. : *Il était embarrassé, comme un éléphant dans un magasin de porcelaine.*
→ *Il ne se sentait pas à sa place.*

Ex. : ....

- **Les digressions ou éléments marginaux**

Ex. : *Cette rencontre, qui survint un beau matin d'avril, devait le marquer à jamais.*
→ *Cette rencontre fut déterminante.*

Ex. : ....

- **Les redites**

Ex. : *Les animaux nous aident à combattre la solitude. Leur compagnie nous aide à nous sentir moins seuls.* → *La compagnie des animaux réduit la solitude.*

Ex. : ....

Adapter le vocabulaire

- **Soigner la précision.**

Ex. : *Il était obsédé par l'amour qu'il se portait à lui-même.* → *Il était* ***narcissique***.

Ex. : ....

- **Employer des synonymes ou périphrases.**

Ex. : *La banqueroute, la perte de sa mère et la disparition de sa femme l'avaient fait sombrer.* → *Il était anéanti par toutes ses tragédies personnelles.*

Ex. : ....

- **Opter pour des termes génériques ou d'analyse.**

Ex. : *Les parfums, les couleurs et les sons se répondent.* → *Tous les sens fusionnent.*

Ex. : ....

Comment synthétiser un propos ?

Résumer

• **Raccourcir le propos** en réduisant le nombre de mots et de lignes.
Ex. : *La vitesse nous aide à travailler nos réflexes. En outre, elle suppose une plus grande concentration. → La vitesse améliore nos réflexes et notre concentration.*

Ex. : ....

• **Condenser** en ramenant le propos à l'essentiel.
Ex. : *Elle multipliait les dîners au restaurant, les soirées entre amis, les sorties en discothèque, les déambulations de nuit. → Elle avait une riche vie nocturne.*

Ex. : ....

• **Exprimer l'implicite**.
Ex. : *« Je ne suis pas conviée à cette fête ? La belle affaire ! De toute façon, je ne sais pas si je les aurais honorés de ma présence ! », prétendait-elle. → Elle était aigrie de ne pas être invitée.*

Ex. : ....

Organiser

• **Suivre et expliciter la progression** générale du propos.
Ex. : *Il prenait d'abord un petit-déjeuner copieux. Il occupait ensuite une bonne heure à des exercices physiques. Il passait le reste de la matinée à étudier. → Après s'être bien sustenté, il s'exerçait le corps puis l'esprit.*

Ex. : ....

• **Mettre en évidence la logique** du propos.
Ex. : *Faire du sport entretient le rythme cardiaque ; faire trop de sport est risqué pour le cœur. → Le sport est bon pour le cœur* ***à condition*** *d'éviter les excès.*

Ex. : ....

ENTRAÎNEMENT 30 Synthétiser

J'identifie

1 Reliez les phrases qui vous semblent correspondre au même propos.

a Qui, à l'écoute d'un concerto de Brahms, pourrait se voir animé de sentiments mauvais ? ●	● e La musique apaise nos tourments.
b On se plaît à écouter une chanson triste qui donne corps à nos tourments. ●	● f La musique fédère en dépit des différences.
c Après une journée éprouvante, une musique douce nous réconforte et chasse les tracas. ●	● g La musique nourrit une douce mélancolie.
d Lors de la fête de la musique, des individus de toutes origines et de tout âge sont heureux d'être ensemble. ●	● h La musique adoucit les mœurs.

Je manipule

2 Résumez en une phrase le contenu des extraits suivants.

a Le tatouage sert à exprimer les liens qui unissent une communauté, comme par exemple chez le peuple kanak. Le tatouage peut aider à revendiquer une identité individuelle, comme c'est le cas chez de nombreux adolescents en quête de soi.

....

....

b Piqué par la jalousie, Arnolphe est dévoré par une violente rage contre Agnès, envers qui il ressent une terrible aigreur voire une haine féroce. Mais étrangement, dans le même temps, il se sent plus attaché que jamais à celle qui a pris toute la place dans son cœur et qui se révèle des plus attirantes.

....

....

c Avec ses baleines, ses toucans, ses paresseux, ses jaguars ou son fameux Quetzal, l'oiseau mythique, le Costa Rica demeure une destination unique !

....

3 Lisez le texte suivant et répondez aux questions.

Les jouets occupent plusieurs rangées de rayons rigoureusement séparés en « Garçons », « Filles ». Aux uns, l'exploit – Spiderman – l'espace, le bruit et la fureur – voitures, avions, chars, robots, punching-ball – le tout décliné dans des rouges, verts, jaunes violents. Aux autres, l'intérieur, le ménage, la séduction, le pouponnage. « Ma petite supérette », « Mes accessoires de ménage », « Ma mini Tefal », « Mon fer à repasser », « Ma baby nurse ». Un « Sac aliments » transparent est rempli hideusement, entre étron et vomi, de croissants et autres nourritures en plastique.

Annie Ernaux, *Regarde les lumières mon amour* (2014)

a Entourez en bleu les concepts qui se rattachent aux jouets pour « garçons » et en rouge ceux qui correspondent aux jouets pour « filles ».

b Rayez tous les exemples servant à illustrer ces concepts.

c Résumez en une phrase synthétique ce qui distingue les jouets de « garçons » et les jouets de « filles ».

....

....

Je m'exprime

4 Consultez un article (imprimé ou sur Internet) sur un sujet d'actualité de votre choix, indiquez ses références et faites-en un compte-rendu synthétique qui respecte les différents points de la leçon.

....

....

....

....

....

....

....

....

→ Je manipule pour identifier

J'apprends

À savoir : les manipulations syntaxiques sont des tests qui permettent d'identifier les caractéristiques d'une unité (un mot, un groupe de mots, une proposition). Il s'agit souvent d'un réflexe utile pour répondre à la question de grammaire.

Complétez les exemples de la leçon par des exemples personnels.

Remplacer

• Si on peut remplacer un élément par un autre sans que la phrase devienne agrammaticale, cela indique généralement que les deux éléments appartiennent à une même catégorie (classe ou fonction).

→ Si vous avez du mal à identifier un élément, d'autres éléments de la même catégorie vous sont sans doute plus familiers !

→ Vous réalisez déjà très souvent ce test pour choisir comment écrire le son [e] : –é/-er.

Ex. : *Marion **a invit...** ses amis.* → **Marion a **prendre** ses amis.* → *Marion a **pris** ses amis.*

Le test de remplacement révèle que « invit... » appartient à la même catégorie que « pris » : c'est donc un participe passé et on doit donc l'écrire : **invité.**

Ex. : ……………………………………………………

1 Remplacez le mot en gras par un autre, en respectant la grammaticalité de la phrase, et indiquez ensuite la classe du mot ainsi identifié.

a) Je lui ai offert **de** belles roses. → Je lui ai offert …………………… belles roses.

Classe : ……………………………………………………

b) Si tu rencontres **telle** difficulté, appelle-moi. → Si tu rencontres ……………………

…………………… difficulté, appelle-moi.

Classe : ……………………………………………………

Supprimer

• Si on peut supprimer une unité sans modifier le sens global de la phrase, cela indique que celle-ci n'est pas obligatoire pour la structure de la phrase : elle est facultative.

Ex. : *J'ai posé le courrier [**sur la table**]. → J'ai posé le courrier.*

Ex. : ....

2 Rayez les mots ou groupes de mots facultatifs et indiquez ensuite leur fonction.

a) Le gros chien noir des voisins effrayait les passants.

....

b) Depuis des années, la banquise fond.

....

Déplacer

• Si on peut déplacer une unité sans changer le sens global de la phrase, cela indique que celle-ci ne dépend pas d'un groupe de mots en particulier, mais bien de la phrase.

Ex. : ***Cette année**, tu as fait de gros progrès. → Tu as fait de gros progrès, **cette année**.*

« Cette année » est donc un complément de la phrase, un CC de temps.

Ex. : ....

Attention !

Le test de déplacement permet notamment de distinguer les CC des compléments essentiels du verbe. Ex. : *Il est interdit d'écrire **sur les murs**. → * **Sur les murs**, il est interdit d'écrire.* → La phrase devient incorrecte si l'on place « sur les murs » ailleurs qu'après le verbe « écrire », c'est donc un complément essentiel du verbe et non un complément circonstanciel.

3 Essayez de déplacer les groupes de mots en gras et indiquez ensuite leur fonction.

a) Je dois me rendre **à Paris**. → ....

Fonction : ....

b) **En se couchant**, le soleil revêt le paysage d'or. → ....

Fonction : ....

Pense-bête

Activité. À partir de la leçon sur les fonctions (p. 22-23), complétez le tableau suivant.

Fonction	*Supprimable*	*Déplaçable*
Sujet	…………	…………
Attribut du sujet	…………	…………
Attribut du COD	…………	…………
COD	…………	…………
COI	…………	…………
Complément d'agent	…………	…………
Épithète	…………	…………
CDN	…………	…………
Apposition	…………	…………
CC	…………	…………

→ Je me prépare au bac

À l'oral du bac de français, la grammaire est évaluée sur **2 points** :
- la question porte sur le **texte expliqué** : elle est indiquée aux candidats avant leur préparation.
- elle vise l'**analyse syntaxique** d'une courte phrase ou d'une partie de phrase.

La question peut notamment vous demander de faire des transformations dans la phrase et de les expliquer.

Conseils pour réussir

✓ Consacrez une petite partie de votre temps de préparation à cette question de grammaire : notez les définitions nécessaires et les éléments clés de votre réponse.

✓ Pour répondre, utilisez les termes grammaticaux appropriés : pour cela, faites des fiches de révisions au cours de l'année.

Activité 1

Pour chacune des questions suivantes, indiquez les mots-clés de grammaire attendus pour votre réponse.

a) Analysez les subordonnées circonstancielles de cette phrase.

....

....

b) Identifiez et analysez les négations dans ce fragment de phrase.

....

....

c) Identifiez les modes et temps dans cette phrase et analysez leur valeur.

....

....

Activité 2

a **Dans ce fragment de phrase, transformez l'interrogation indirecte en interrogation directe et décrivez les modifications opérées.**

« Quand je lui demandai quel profit il recueillait de la supériorité qu'il avait parmi les siens [...] » (Montaigne, *Essais*, livre I, chapitre 31)

→ ...

b **Transformez l'extrait de manière à construire une phrase complexe et analysez la phrase obtenue.**

La rue assourdissante autour de moi hurlait. / Longue, mince, en grand deuil, douleur majestueuse, Une femme passa [...] » (Baudelaire, *Les Fleurs du mal*)

→ ...

Activité 3

Pour chacun des objets d'étude du programme, préparez une question possible, en choisissant parmi les textes que vous avez étudiés en classe.

Objet d'étude	Question possible
Les accords dans le groupe nominal et entre le sujet et le verbe	
Le verbe : valeurs temporelles, aspectuelles, modales ; concordance des temps	
Les relations au sein de la phrase complexe	
La syntaxe des propositions subordonnées relatives	
Les subordonnées conjonctives utilisées en fonction de compléments circonstanciels	
L'interrogation	
L'expression de la négation	
Lexique	

Je relis

Pour chaque devoir, je m'aide de cette grille pour guider ma relecture, en cochant les points que j'ai vérifiés.

		Numéros des leçons qui peuvent m'aider
Les idées	Mes phrases sont claires.	....
	La copie est clairement structurée en fonction des idées (une par paragraphe).	....
	L'enchaînement des idées est logique, cohérent.	....
La syntaxe	Mes phrases sont correctement délimitées.	....
	Chaque phrase contient un verbe principal.	....
	Les subordonnées sont bien construites.	....
	Je n'ai pas oublié de mots.	....
L'orthographe grammaticale	Les verbes sont correctement conjugués.	....
	Les GN sont correctement accordés.	....
	J'ai évité les confusions fréquentes : a/à, é/er, ou/où, etc.	....
L'orthographe lexicale	J'ai cherché dans un dictionnaire les mots pour lesquels j'hésitais.	....
	J'ai vérifié les noms propres.	....
Le style	J'ai évité les répétitions lourdes.	....
	J'ai employé un lexique précis et juste.	....

mes copies

Devoir 1	Devoir 2	Devoir 3	Devoir 4	Devoir 5	Devoir 6	Devoir 7	Devoir 8	Devoir 9	Devoir 10
☐	☐	☐	☐	☐	☐	☐	☐	☐	☐
☐	☐	☐	☐	☐	☐	☐	☐	☐	☐
☐	☐	☐	☐	☐	☐	☐	☐	☐	☐
☐	☐	☐	☐	☐	☐	☐	☐	☐	☐
☐	☐	☐	☐	☐	☐	☐	☐	☐	☐
☐	☐	☐	☐	☐	☐	☐	☐	☐	☐
☐	☐	☐	☐	☐	☐	☐	☐	☐	☐
☐	☐	☐	☐	☐	☐	☐	☐	☐	☐
☐	☐	☐	☐	☐	☐	☐	☐	☐	☐
☐	☐	☐	☐	☐	☐	☐	☐	☐	☐
☐	☐	☐	☐	☐	☐	☐	☐	☐	☐
☐	☐	☐	☐	☐	☐	☐	☐	☐	☐
☐	☐	☐	☐	☐	☐	☐	☐	☐	☐
☐	☐	☐	☐	☐	☐	☐	☐	☐	☐

Mots variables

Noms

- **Communs :** *chien, table...*
- **Propres :** *France, Victor Hugo...*

Pronoms

- **Personnels :** *je, tu, il, me, te, lui...*
- **Possessifs :** *le mien, les siennes...*
- **Démonstratifs :** *celui(-ci), celle(-ci), ceci, cela...*
- **Interrogatifs :** *qui, que...*
- **Relatifs :** *qui, que, quoi, dont, où, lequel, auquel, duquel...*
- **Indéfinis :** *aucun, nul, personne, rien, quelqu'un, quelque chose, le même...*

Adjectifs

Ex. : *beau, grand, rouge...*

Verbes

Ex. : *manger, aller, finir, prendre...*

Déterminants

- **Articles définis :** *le, la, les...*
- **Articles indéfinis :** *une, une, des...*
- **Déterminants possessifs :** *ma, ton, leur...*
- **Déterminants démonstratifs :** *ce, cette, ces...*
- **Déterminants indéfinis :** *certain, tout, quelque, plusieurs, aucun...*
- **Déterminants exclamatifs ou interrogatifs :** *quel, quelles, quels*

grammaticales

Mots invariables

Conjonctions de coordination

Ex. : *mais, ou, et, donc, or, ni, car*

Conjonctions de subordination

Ex. : *que, quand, si, comme, bien que, dès que, avant que...*

Prépositions

Ex. : *dans, de, en, à, pour...*

Onomatopées

Ex. : *clac, boum, toc...*

Adverbes

Ex. : *gentiment, bien, très, si, ensuite, après, ici, loin, jamais, toujours...*

Onomatopées

Ex. : *ô, hélas, ah, eh...*

Les fonctions

Fonctions liées au verbe

Sujet

- ***Il*** *mange à la maison.*
- ***Mon meilleur ami*** *mange à la maison.*
- ***Qui*** *mange à la maison ce soir ?*
- ***Manger au travail*** *est interdit.*

Compléments Essentiels

Compléments du verbe

- **Le complément d'objet direct** *(COD) :*
  Il mange ***une pomme****./*
  Il ***la*** *mange.*
- **Le complément d'objet indirect** *(COI) :*
  Il parle ***à sa mère****./*
  Il ***lui*** *parle.*

Attributs

- **Du sujet :** *Ce plat est* ***délicieux****.*
- **Du COD :** *Je l'ai mangé* ***chaud****.*

Complément d'agent

Ce plat a été cuisiné ***par mon frère****.*

Fonctions liées au nom

Épithête

Les pommes ***vertes*** *ne sont pas mûres.*

Apposition

Le plus grand écrivain du XIXe siècle, ***Victor Hugo****, est mort en 1885.*

Compléments

- **Du nom :** *Le plat* ***de ma mère*** *est délicieux.*
- **De l'adjectif :** *Je suis content* ***de te voir****.*
- **De l'adverbe :** *Tu fais bien* ***de le dire****.*

Fonctions liées à la phrase

Compléments circonstanciels

J'ai mangé ***hier****.*
J'ai mangé ***à la maison****.*
J'ai préparé ce plat ***pour que tu le manges****.*

Entraînement 1, p. 20-21

1 ⓐ Intrus : me. Classe grammaticale des autres mots : déterminants. ⓑ Intrus : très. Classe grammaticale des autres mots : adjectifs. ⓒ Intrus : où. Classe grammaticale des autres mots : conjonctions de coordination.

2

Les mots variables				
Noms	**Adjectifs**	**Déterminants**	**Pronoms**	**Verbes**
tête côté	seule large	ses	elle personne	passait palpitait

Les mots invariables		
Adverbes	**Prépositions**	**Conjonctions**
involontairement	dans de	ou

3 ⓐ Je me lève tôt. Au théâtre, la pièce commence avec le lever du rideau. ⓑ Ma cousine est très forte au foot. Je doute fort de cette information.

4 ⓐ Queneau écrit son poème à partir de « La Cigale et La Fourmi » de La Fontaine. On reconnaît la structure syntaxique des deux premiers vers.

ⓑ Queneau utilise la règle S+7 forgée par l'Oulipo : on remplace chaque nom par celui situé sept places plus loin dans le dictionnaire.

ⓒ Le résultat dépend du dictionnaire utilisé.

Entraînement 2, p. 24-25

1 ⓐ « Amélie », sujet. « avocate », attribut du sujet. ⓑ « le courrier », COD. « à tout le village », COI. ⓒ « de ma grand-mère », complément du nom. « par mes oncles et tantes », complément d'agent. ⓓ « que », COD. « demain », CC de temps. ⓔ « passionnant », épithète. ⓕ « passionnant », attribut du COD.

2 ⓐ Les élèves souhaitent réussir. ⓑ Je ne doute pas de ta volonté de réussir. ⓒ Qu'as-tu demandé au professeur ? ⓓ Je l'ai rappelé pour confirmer le rendez-vous. ⓔ Je lui ai rappelé le rendez-vous. ⓕ Je lui en ai donné.

3 ⓐ Je suis défendu par une avocate brillante. ⓑ Les élèves, qui avaient tous bien révisé, ont réussi leur devoir. ⓒ J'ai toujours préféré les chansons populaires et les films grand public aux chansons à textes et films d'auteur. ⓓ Victor Hugo, un auteur très célèbre du XIXe siècle, a notamment écrit des romans.

4 ⓐ que : COD. ⓑ qui : sujet. ⓒ dont : COI. ⓓ où : CC de lieu.

5 ⓐ Dès ton arrivée, préviens-moi. ⓑ Les cigales s'arrêtent de chanter au coucher du soleil. ⓒ Il ne faut pas monter dans le métro à la fermeture des portes. ⓓ Malgré sa célébrité, cet acteur a su rester simple.

6 Exemple : La belle (épithète) et célèbre (épithète) marquise, connue de tous (apposition), sortit à cinq heures.

Entraînement 3, p. 28-29

1 ⓐ « Déjà les farceurs commençaient leurs plaisanteries. » (l. 7). Les farceurs font plusieurs plaisanteries, le groupe nominal est au pluriel.

ⓑ Sa taille robuste emplissait une jaquette de velours **noir**, deux émeraudes brillaient à sa chemise de batiste, et son large pantalon **blanc** tombait sur d'étranges bottes **rouges**, en cuir de Russie, rehaussées de dessins **bleus**.
« Noir » s'accorde avec « velours » au masculin singulier, « blanc » avec « son pantalon » au masculin singulier, « rouges » avec « bottes » au féminin pluriel, « bleus » avec « dessins » au masculin pluriel.

2 Sa taille robuste emplissait une jaquette de velours noir de jais, deux émeraudes brillaient à sa chemise de batiste, et son large pantalon blanc cassé tombait sur d'étranges bottes rouge sang, en cuir de Russie, rehaussées de dessins bleu turquoise.

3 ⓐ Nous lui avons prêté cinq **cents** euros. ⓑ Il y avait cent invités pour ses **quatre-vingts** ans. ⓒ Avez-vous accroché **leur manteau** ?

Entraînement 4, p. 32-33

1 ⓐ « « Tiens ! c'est notre amoureux qui passe ! » **disent-elles**. » (v. 10) > Il s'agit d'une inversion après la prise de parole et les paroles rapportées au discours direct.

« Comme les ulémas quand **paraît le muphti** » (v. 16) → L'inversion sujet-verbe est fréquente en poésie et permet de mettre le sujet en valeur en faisant rimer « appesanti » au vers 15 et « muphti » au vers 16.

ⓑ « Celles qui des rubis font pâlir les couleurs,/Celles qui des paons même éclipseraient les queues » (v. 4-5). Le sujet des verbes est « celles » qui renvoie au groupe nominal « les fleurs ». Les verbes sont donc conjugués à la troisième personne du pluriel.

ⓒ Le sujet des verbes est : « Les saules tout ridés, les chênes vénérables,/L'orme au branchage noir, de mousse appesanti » (v. 14-15). Entre le sujet et les verbes « font » et « courbent », on trouve une comparaison « comme les ulémas quand paraît le muphti » au vers 16. Cela permet au lecteur de mieux saisir l'image des arbres penchés vers le poète et de renforcer le thème de la communion entre la nature et le poète.

2 **a** Mon père, ma mère et toi rejoindrez la gare à 11h. **b** Quelle sensation procurent ces sports de glisse ? **c** Ce sont elles qui sont venues à pied.

3 **a** C'est toi qui dois faire ce compte rendu. **b** Toi et moi travaillerons ensemble. **c** Le détail des peintures m'inquiétait.

Entraînement 5, p. 36-37

1 **a** Présent de vérité générale. **b** Présent d'énonciation.

2 **a** Chloé passait (aspect itératif) tous ses étés dans la ferme de ses parents, jusqu'au jour où ils la vendirent (aspect ponctuel). **b** Il ne la retrouverait (postériorité) jamais puisqu'il avait perdu (antériorité) ses coordonnées. **c** Elle repéra (aspect limitatif) d'un seul coup d'œil l'individu suspect qui arpentait (aspect non limitatif) la place.

3 L'être que j'**appelle (présent d'énonciation)** moi **vint (action révolue/aspect limitatif)** au monde un certain lundi 8 juin 1903, vers les 8 heures du matin, à Bruxelles, et **naissait (description/second plan du récit)** d'un Français appartenant à une vieille famille du Nord, et d'une Belge dont les ascendants **avaient été** durant quelques siècles **établis (antériorité/aspect accompli)** à Liège, puis **s'étaient fixés (antériorité/aspect accompli)** dans le Hainaut. La maison où **se passait (aspect non limitatif)** cet événement, puisque toute naissance en **est (vérité générale)** un pour le père et la mère et quelques personnes qui leur **tiennent (habitude/aspect itératif)** de près, **se trouvait (description/second plan du récit)** située au numéro 193 de l'avenue Louise, et **a disparu (antériorité/aspect accompli)** il y a une quinzaine d'années, dévorée par un building.

4 **a** À ces mots, il **comprit** que cet homme lui en **voudrait** toute sa vie.

b Jeanne **s'ennuyait** lorsque lui **vint** l'idée de rechercher son vieil album.

5 **a** Il **se souvient** de ces étés brûlants du temps où il **vivait** en Afrique.

b Comme il **a vécu** en Afrique, il **peine** à s'adapter au climat européen.

Entraînement 6, p. 40-41

1 **a** Moi, **me prélasser** (infinitif / exclamation) pendant qu'on **assiège** (indicatif / fait réel) ma ville !

b Bien qu'il **fût** (subjonctif / concession) d'origine modeste, il **aurait amassé** (conditionnel / fait non vérifié) une fortune colossale, selon la rumeur.

c Ne **prenez** pas (impératif / conseil) une décision que vous **risqueriez** (conditionnel / potentiel) de regretter.

d Que la vérité **éclate** (subjonctif / souhait) au grand jour afin que je **sois** (subjonctif / but) disculpée !

e **Ayant passé** (participe / cause) sa vie à l'attendre, il **eût pu** (subjonctif / supposition) la reconnaître d'un seul coup d'œil.

2 Vous êtes (fait réel) un beau jeune homme, délicat, fier comme un lion et doux comme une jeune fille. Vous **seriez (irréel)** une belle proie pour le diable. J'aime (fait réel) cette qualité des jeunes gens. Encore deux ou trois réflexions de haute politique, et vous verrez (certitude) le monde comme il est (fait réel). En y jouant (moyen) quelques petites scènes de vertu, l'homme supérieur y satisfait (fait avéré) toutes ses fantaisies aux grands applaudissements des niais du parterre. Avant peu de jours vous serez (certitude) à nous. Ah ! si vous vouliez (éventualité) devenir mon élève, je vous **ferais (potentiel)** arriver à tout. Vous ne **formeriez (potentiel)** pas un désir qu'il ne fût (fait pas encore réalisé) à l'instant comblé, quoi que vous puissiez (fait incertain) souhaiter : honneur, fortune, femmes.

3 **a** Quoi qu'il **puisse** faire, il restera toujours mon ami.

b Après qu'elle **a quitté** son domicile, plus personne ne l'a vue.

c Si tu **avais prévenu** plus tôt, je serais venue à ta rencontre.

4 **a** Si seulement j'**avais deviné** sa fourberie, je lui **aurais caché** mes sentiments.

b Oh ! **puisse** la chance nous sourire !

c Mon petit Paul, **arrête** de gigoter.

d Je vous **saurais** gré de vous taire.

Entraînement 7, p. 44-45

1 **a** Nous pensons qu'il avait raison. (antériorité)
Mode du verbe de la proposition subordonnée : indicatif
Temps du verbe de la proposition subordonnée : imparfait.

b Les enfants veulent que les beaux jours reviennent. (postériorité)
Mode du verbe de la proposition subordonnée : subjonctif
Temps du verbe de la proposition subordonnée : présent.

2 **a** Tous leurs amis disaient **que leur nouvelle maison était spacieuse**.

b Tes parents souhaites **que tu réussisses ton examen**.

c Le guide touristique leur raconta **que les habitants avaient protégé le site des bombardements pendant la guerre**.

3 a Les enfants s'écrièrent qu'ils étaient fatigués.

b Pour les motiver, nous leur répétions qu'ils seraient bientôt en vacances.

c Le directeur confia qu'il doutait qu'elle eût compris la gravité de la situation.

4 Je crois que vous avez pour moi une passion violente ; je ne vous cache plus celle que j'ai pour vous ; et, dans le temps que je vous la laisse voir toute entière, j'apprends que vous me trompez, que vous en aimez une autre et que, selon toutes les apparences, vous me sacrifiez à cette nouvelle maîtresse.

Entraînement 8, p. 48-49

1 a Il sera de meilleure humeur quand il sera plus reposé. (Subordination)

b Elle se prétend observatrice, or elle n'a pas su détecter son chagrin. (Coordination)

c Comme il sortait très peu, il devenait de plus en plus taciturne. (Subordination)

d C'est bien le printemps : les oiseaux chantent, les arbres bourgeonnent. (Juxtaposition)

2 a

[Elle me parut (si) charmante] (Proposition principale) [que moi, [qui n'avais jamais pensé à la différence des sexes, ni regardé une fille avec un peu d'attention] (Proposition subordonnée relative), moi, [dis-je] (Proposition indépendante), [dont tout le monde admirait la sagesse et la retenue] (Proposition subordonnée relative), je me trouvai enflammé tout d'un coup jusqu'au transport] (Proposition subordonnée conjonctive circonstancielle). [J'avais le défaut d'être excessivement timide et facile à déconcerter] (Proposition indépendante) ; [mais loin d'être arrêté alors par cette faiblesse, je m'avançai vers la maîtresse de mon cœur] (Proposition indépendante).

b En retardant jusqu'à la fin la proposition introduite par l'intensif « si » initial, cette construction accentue le caractère brutal et stupéfiant du coup de foudre, qui dément le contenu des relatives.

3 a J'admire cet homme dont le courage est exceptionnel.

b Elle regarde les enfants jouer dans la cour.

c J'aimerais savoir ce qu'il fabrique.

d Je suis persuadé qu'il réussira avec aisance.

Entraînement 9, p. 52-53

1 a Je ne peux pas te voir tout de suite, toutefois je serai libre demain. (Coordination / Opposition)

b Je suis prêt à tout pour qu'elle me pardonne. (Subordination / But)

c Prends du repos, tu te sentiras mieux. (Juxtaposition / Conséquence)

d Son ami l'ayant durement sermonné, il ne put se détendre. (Subordination / Cause)

e Dès qu'il la vit, il ressentit un grand trouble. (Subordination / Simultanéité)

2

[Cet obstacle franchi], [les chevaux repartis au trot], (Propositions subordonnées participiales → succession) Meaulnes commençait à se fatiguer de regarder à la vitre, s'efforçant vainement de percer l'obscurité environnante, [lorsque soudain, dans la profondeur du bois il y eut un éclair, suivi d'une détonation] (Proposition subordonnée conjonctive circonstancielle → simultanéité). Les chevaux partirent au galop et **(mais)** Meaulnes ne sut pas d'abord si le cocher en blouse s'efforçait de les retenir ou au contraire les excitait à fuir. Il voulut ouvrir la portière. [Comme la poignée se trouvait à l'extérieur] (Proposition subordonnée conjonctive circonstancielle → cause), il essaya vainement de baisser la glace, [la secoua]... (Proposition indépendante > succession)

3 Sa peur était tangible bien qu'il ne manquât pas de courage ; en effet, la créature qui se tenait devant lui était particulièrement répugnante, si bien que n'importe quel être sensé aurait fui sans tarder ; mais lui n'était pas n'importe qui : il se jeta brutalement sur elle avant qu'elle eût le temps de l'attaquer la première.

Entraînement 10, p. 56-57

1 a Je refuserai toutes les propositions [que tu me feras].

b Mon ami, [qui revient du Brésil], est enchanté par son voyage.

c Les amis [dont tu te plains] sont pourtant généreux.

d Ce film [que tout le monde apprécie] est un épouvantable navet.

e C'est le restaurant [où se retrouvent toutes les stars].

ⓕ Ce restaurant [où se retrouvent toutes les stars] sert une nourriture fade et sans goût.

2 ⓐ et ⓑ

J'aime la nuit avec passion. Je l'aime comme on aime son pays ou sa maîtresse, d'un amour instinctif, profond, invincible. Je l'aime avec tous mes sens, avec mes yeux [**qui** **sujet** la voient], avec mon odorat [**qui** **sujet** la respire], avec mes oreilles [**qui** **sujet** en écoutent le silence], avec toute ma chair [**que** **COD** les ténèbres caressent].

ⓒ Toutes peuvent être supprimées. Elles apportent des informations et des précisions sur les noms mais elles ne sont pas nécessaires à leur identification. Sans ces subordonnées, on sait quels « yeux », « oreilles », « odorat », « chair » évoque le narrateur.

3 ⓐ J'ai toujours voulu une maison **où mes enfants pourraient jouer**.

ⓑ C'est une vieille rue **que les touristes aiment photographier**.

ⓒ Un grand chien **qui fait peur s'avance vers nous**.

Entraînement 11, p. 60-61

1 ⓐ Tu avais promis **[que nous partirions en vacances]**. → Conjonctive

ⓑ Je connais très peu l'auteur **[que tu mentionnes]**. → Relative

ⓒ La nouvelle **[que je viens d'apprendre]** est épouvantable. → Relative

ⓓ Le messager apportait la nouvelle **[que le roi était malade]**. → Conjonctive

ⓔ Elle est très déçue **[que tu ne lui aies pas écrit]**. → Conjonctive

2 ⓐ et ⓑ

M. de Clèves sentit de la joie de voir [que cette personne, [qu'il avait trouvée si aimable], était d'une

Apposée à l'antécédent « personne »

qualité proportionnée à sa beauté] ; il s'approcha

COD du verbe « voir »

d'elle et il la supplia de se souvenir [qu'il avait été

COI du verbe « se souvenir »

le premier à l'admirer] et [que, sans la connaître, il avait eu pour elle tous les sentiments de respect

COI du verbe « se souvenir »

et d'estime] qui lui étaient dus.

ⓒ Ce cumul de propositions peut suggérer l'enthousiasme, l'exaltation de M. de Clèves, en proie à la passion amoureuse.

3 ⓐ J'ai enfin pris le temps de lire le livre **que tu m'as conseillé**. (Fonction : épithète de l'antécédent « livre »)

ⓑ Son avocat s'évertua à expliquer **qu'elle n'avait pas conscience de ses actes**. (Fonction : COD du verbe « expliquer »)

ⓒ **Qu'il soit parti sans prévenir** ne me rassure pas. (Fonction : sujet du verbe « rassurer »)

Entraînement 12, p. 64-65

1 ⓐ Nous nous battrons **[tant qu'il y aura des injustices]**. **(temps)**

ⓑ **[Puisqu'il fait froid]**, nous resterons à l'intérieur devant la cheminée. **(cause)**

ⓒ **[Aussi longtemps qu'il le faudra]**, je crierai mon innocence. **(temps)**

ⓓ N'oublie pas, **[si tu pars]**, ton sac en cuir. **(condition)**

2 ⓐ et ⓑ Je n'ai plus qu'une pensée, qu'une conviction, qu'une certitude : condamné à mort ! **[Quoi que je fasse] (concession – concessive extensionnelle non-scalaire)**, elle est toujours là, cette pensée infernale, comme un spectre de plomb à mes côtés, seule et jalouse, chassant toute distraction, face à face avec moi misérable et me secouant de ses deux mains de glace **[quand je veux détourner la tête ou fermer les yeux] (temps)**. [...] **[Avant même que mes yeux lourds aient eu le temps de s'entrouvrir assez pour voir cette fatale pensée écrite dans l'horrible réalité qui m'entoure] (temps)**, sur la dalle mouillée et suante de ma cellule, [...] il me semble que déjà une voix a murmuré à mon oreille : « Condamné à mort ! »

ⓒ Elle n'est ni déplaçable ni suppressible. Elle ne donne pas d'indication circonstancielle. Il ne s'agit pas d'une proposition subordonnée circonstancielle mais d'une proposition conjonctive pure qui complète le verbe « sembler ».

3 ⓐ Le voleur s'est enfui **[dès qu'il a entendu du bruit]**. (temps)

ⓑ Le train s'est arrêté au beau milieu de la campagne **[si bien qu'il a eu du retard]** (conséquence).

ⓒ La maison était vide **[puisqu'ils avaient déménagé]**. (cause)

Entraînement 13, p. 68-69

1 ⓐ Il a tellement plu que la Seine est en crue. (conséquence).

ⓑ Le projet est annulé faute de financements. (cause).

ⓒ Pour avoir aidé un camarade en difficulté, Pierre a été félicité par son professeur. (cause).

ⓓ Nous avons réservé nos places à l'avance pour ne pas attendre dehors dans le froid. (but).

ⓔ Elle est trop fatiguée pour se rendre à son cours de sport. (conséquence).

ⓕ Ils sont restés assis au fond de la salle de peur d'être reconnus par l'assemblée. (but).

ⓖ En marchant vite, il a pu gravir la côte en moins de cinq minutes. (cause).

2 ⓐ Edmond Dantès, alias le Comte de Monte Cristo, a été trahi par des proches jaloux. **C'est pourquoi** il cherche à se venger.

ⓑ Edmond Dantès a été injustement emprisonné au Château d'If, **de sorte qu'**il cherche à se venger de ses ennemis qui l'ont fait enfermer.

ⓒ Edmond Dantès a subi une **telle** injustice **qu'**il cherche à se venger de ses ennemis.

3 ⓐ Jean a payé une caution en vue de la libération de son ami.

Jean a payé une caution afin de faire libérer son ami.

ⓑ Ils partent en train en raison du coût trop élevé du billet d'avion. Ils partent en train, le billet d'avion coûtant trop cher.

Entraînement 14, p. 72-73

1 Si Maria travaille, elle réussira son examen.
Si Maria travaillait, elle réussirait son examen.
Si Maria avait travaillé, elle aurait réussi son examen.

2 – À condition que mon chien guérisse d'ici trois jours, je n'irai pas chez le vétérinaire.
– Dans l'hypothèse où mon chien guérirait d'ici trois jours, je n'irai pas chez le vétérinaire.
– En cas de guérison de mon chien d'ici trois jours, je n'irai pas chez le vétérinaire.
– Que mon chien guérisse d'ici trois jours, je n'irai pas chez le vétérinaire.

3 ⓐ Sa sœur partirait en vacances si elle en avait les moyens.

ⓑ Tu t'instruirais intelligemment en lisant des livres.

ⓒ Nous ne serons jamais à l'heure à moins de prendre la voiture et non les transports en commun.

4 ⓐ Nous pourrions déjeuner dehors pourvu qu'il fasse beau.

ⓑ Je me coucherai tôt en cas de besoin.

5 ⓐ S'il pratiquait une activité physique régulière, il serait moins stressé.

ⓑ Si elle était seule dans son bureau, elle se concentrerait davantage sur son travail.

Entraînement 15, p. 76-77

1 ⓐ Bien qu'ils s'apprécient, Pierre et Jean se disputent souvent.

ⓑ Mathilde veut partir à la plage alors qu'il pleut des cordes.

ⓒ Elle a beau chercher, elle ne trouve pas de chaussures à son goût.

2 ⓐ « Quoique habillé d'un complet de soixante francs, il gardait une certaine élégance tapageuse, un peu commune, réelle cependant. » Guy de Maupassant, *Bel Ami* (1885).

ⓑ « Quoique j'aie bien lu dans ce livre du monde, il y avait des pages qui cependant m'étaient inconnues. » Honoré de Balzac, *Le Père Goriot* (1835).

ⓒ « Lui, souhaitait un amour éternel, toujours le même. Cependant, elle avait juré, et il la payait pour ça. Mais il la sentait menteuse, incapable de se garder, se donnant aux amis, aux passants, en bonne bête née pour vivre sans chemise. » Émile Zola, *Nana* (1880).

3 ⓐ Pierre se ressert une part de gâteau **bien qu'il n'ait plus faim**.

ⓑ **Tout en faisant le minimum**, tu as réussi ton examen.

ⓒ La boulangerie a fermé **malgré sa situation stratégique sur le boulevard**.

4 ⓐ **Bien qu'il fasse froid**, nous sommes sortis nous promener.

ⓑ **Alors qu'il avait besoin de se reposer**, Marc a nettoyé la cave.

ⓒ **Quand bien même il discuterait avec ses enfants**, il continue à penser à son travail.

5 ⓐ Malgré la tombée de la nuit, le voilier sortit du port.

ⓑ Même en ayant gagné au loto, il continue à travailler.

ⓒ Tu fais la sieste sans avoir encore déjeuné.

Entraînement 16, p. 80-81

1 ⓐ Quelle fable va-t-il encore nous conter ? (Interrogation partielle) Déterminant interrogatif

ⓑ As-tu eu l'occasion de voir l'un de ces films ? (Interrogation totale)

ⓒ Combien de fois devrais-je t'appeler ? (Interrogation partielle) Adverbe interrogatif

ⓓ Y aura-t-il de la neige à Noël ? (Interrogation totale)

ⓔ Qui préférez-vous consulter ? (Interrogation partielle) Pronom relatif

2 a Harpagon emploie majoritairement des interrogations partielles, introduites par des pronoms relatifs donc portant sur des points spécifiques concernant les circonstances du vol et l'attitude à adopter.

b Toutes ces interrogations partielles montrent à quel point Harpagon est perdu, désorienté, désespéré car elles signifient que la situation lui échappe.

3 a L'existence de vies extraterrestres a-t-elle été prouvée ?

b Quand l'idée de jouer d'un instrument vous est-elle venue ?

c Quel candidat me conseilles-tu de prendre ?

4 a Comment peut-on encore être machiste aujourd'hui ?

b Ce spectacle vous plaît-il ?

c Par qui pourrais-je le remplacer ?

Entraînement 17, p. 84-85

1 a « Enfin le duc d'Anjou s'imaginant tout d'un coup que ce qui faisait sa rêverie pouvait bien causer celle du Duc de Guise, lui demanda brusquement [s'il pensait aux beautés de la princesse de Montpensier.] » Madame de Lafayette, *La Princesse de Montpensier* (1662).

b « Je ne sais [comment cela se faisait], mais j'éprouvais que le sentiment même de ma vie venait de se transformer en quelque chose qui n'était plus moi, et qui m'était plus cher que moi ! » Charles Nodier, *La Fée aux miettes* (1832).

2 a Maria se demande s'il va neiger.

b J'ignore quel est le temps de cuisson de ce gâteau.

c L'enfant ne sait pas pourquoi il faut porter un masque.

3 a Elle ignore quelle matière m'intéresse le plus.

b Tu te demandes ce qu'elle a fait pendant ton absence.

c Je ne sais pas qui c'est.

4 a Elle se demande si les enfants mangent des légumes. Elle se demande ce que les enfants mangent.

b J'ignore si Marc et ses cousins regardent un film. J'ignore ce que font Marc et ses cousins.

Entraînement 18, p. 88-89

1 a n' (adverbe) / jamais (adverbe). b ne (adverbe) / pas (adverbe). c Personne (pronom) / n' (adverbe). d Rien (pronom) / n' (adverbe). e Nul (pronom) / n' (adverbe)

2 a ne / nulle part : négation partielle. b ne / pas : négation totale. c nul / n' : négation partielle. d ne / rien : négation partielle. e : aucun / n' : négation partielle

3 Négation restrictive : b ; e.

Ne explétif : a ; c ; d.

4 a Samuel ne trouve pas le temps de rendre visite à sa grand-mère. / Samuel ne trouve jamais le temps de rendre visite à sa grand-mère.

b Je n'ai pas lu les romans de Balzac. / Je n'ai lu aucun roman de Balzac.

c On ne peut pas acheter des masques partout. / On ne peut acheter de masques nulle part.

Entraînement 19, p. 92-93

1 a invraisemblable. b illimité. c non-fumeurs. d insalubre.

2 agréable → affreux, désagréable, pénible
honnête → malhonnête, fourbe
bienfaisant → malfaisant, néfaste

3 immortel / illicite / illettré / divergence / méfiance / inconscient / apolitique / désapprouver.

4 a L'athlète a mésestimé son concurrent. b Le son de cette vidéo est inaudible. c Le réparateur me semble incompétent. d Je désapprouve ta décision.

Entraînement 20, p. 96-97

1 Mots construits par dérivation : déshériter, intolérable, sournoisement.
Mots composés (composition populaire + composition savante) : archéologie, sous-entendre, aigre-doux, apiculture, télétravail.

2 kidnapping : anglais
panini : italien
football : anglais
algèbre : arabe
alchimie : arabe
fake news : anglais

3 a anthropo : homme
graphie : écrire
chrono : temps
mètrie : mesurer
géo : terre
phagie : manger

b Ex : chronomètre, chronophage, géographie, géométrie, anthropophage.

4 a et b
relier → délier, défaire les liens.
méfiance → confiance, sentiment par lequel on se fie à quelqu'un.

5 a et b
amoureux, adjectif → amoureusement, adverbe.
tranquillement, adverbe → tranquilliser, verbe.

6 **a** et **b** **olopoutre** : radical, *poutre* → poutres apparentes sur les murs des maisons.
pailloché : radical, *paille* → toits faits en paille.
égrissés : radical, *gris* → toits de couleur grise.
croquets : ce mot semble être une combinaison entre *coquet* et *croque* → jolis toits qui produisent un son croquant.
surponté : préfixe, *sur* + radical, *pont* + suffixe verbal du participe passé → dominé comme par un pont de navire.

Entraînement 21, p. 100-101

1 **a** petit rongeur/outil informatique, dont la forme rappelle celle du rongeur.

b lieu où l'on prépare les aliments/manière de préparer les aliments/manœuvres, intrigues.

2 magnanime/généreux/rancunier
érudit/savant/ignare
lestement/adroitement/lourdement
invectiver/injurier/féliciter
aduler/adorer/critiquer
lugubrement/tristement/gaiement

3 **a** « odeur » (x2), « renfermé », « moisi », « rance », « nez », « pue », « nauséabonde ».

b Le narrateur utilise le champ lexical de l'odeur pour compléter la description visuelle de la pièce par une description olfactive : la description réaliste est minutieuse et le lecteur doit même pouvoir imaginer l'odeur de la pièce.

4 **a** averse **b** s'intitule **c** allèrent

5 **a** Ce médecin fait preuve de froideur envers ses patients.

b La situation risquait de s'aggraver.

c Le professeur rapproche à l'élève sa confusion.

6 **a** Le portrait de l'héroïne est marqué par de nombreux antonymes : « supérieure et faible », « grande et petite », « artificiellement » et « réellement », « instruite » et « ignorante », « pleine » et « manquant ».

b Ces antonymes créent des antithèses, parfois mis en valeur par la figure d'opposition qu'est le chiasme (« artificiellement instruite, réellement ignorante ») : cette tension révèle la nature ambiguë de l'héroïne, qui échappe à toute entreprise de classification.

Entraînement 22, p. 104-105

1 empirer/s'aggraver/se détériorer
kiffer/aimer/être féru de
super/très/fort
chiant/ennuyeux/importun
rageux/colérique/irascible

2 **a** et **b** Madame, Monsieur,/Je vous prie d'agréer, Madame, Monsieur, mes salutations distinguées. → registre de langue soutenu : mail professionnel.
Bonjour,/Bien amicalement → registre de langue courant : mail à une personne que l'on connaît.
Salut ! /A + ! Bises → registre de langue familier : mail à un ami

3 **a** On retrouve de nombreuses traces du registre de langue familier :
- **syntaxe relâchée** (notamment pour les négations) : « je regrette absolument que dalle », « je suis pas heureuse », « Y a pas de... « reste ».
- **expressions argotiques** : « érémiste », « smicarde », « vachement », « thune ».

b Virginie Despentes choisit d'intégrer dans ses dialogues un niveau de langue familier pour faire entendre la manière de parler du personnage : cela contribue à la caractériser.

4 **a** soutenu. → courant : Même si vous étiez le meilleur, je ne vous recommanderais pas.

b familier → courant : Qu'est-ce que le professeur t'a mis comme note ?

Entraînement 23, p. 108-109

1 **a** Vous les trouvez aussi bêtes l'un que l'autre. (égalité)

b Ce roman est plus drôle que cette série. (supériorité)

c Il est plus blanc qu'un linge. (supériorité)

d Cette personnalité politique est moins connue que d'autres. (infériorité)

e Ce candidat est aussi intéressant que le précédent. (égalité)

2 **a** Comparatif de supériorité. **b** Comparatif de supériorité **c** Superlatif de supériorité **d** Superlatif d'infériorité **e** Superlatif de supériorité

3 **a** Comparaison **b** Métaphore **c** Allégorie **d** Comparaison

4 **a** L'escalade est le plus complet des sports. **b** La charlotte aux fraises est aussi appétissante que la tarte aux framboises. **c** L'adaptation cinématographique est moins intéressante que le roman. **d** La voiture est plus polluante que le train.

Entraînement 24, p. 112-113

1 **a** À part cet incident regrettable, tout va bien. → groupe nominal introduit par « à part »

b Au lieu de te plaindre, souris ! → infinitif introduit par « au lieu de »

c Il regarde par la fenêtre alors qu'il a un travail à faire. → proposition subordonnée

d Malgré ses encouragements, tu n'es pas motivé. → groupe nominal introduit par « malgré »

e Tout le monde l'a félicitée, sauf lui. → pronom introduit par la préposition « sauf ».

2 a L'antiphrase met en valeur l'ironie du locuteur, qui dit le contraire de ce qu'il pense: « c'est du propre », alors que l'enfant a sali ses chaussures et qu'il va falloir les nettoyer.

b L'antithèse rapproche deux mots de sens contraire et permet au dramaturge de montrer l'ambivalence entre la position du personnage et ses désirs.

c L'oxymore, qui associe deux mots de sens contraires, permet au romancier de mettre en valeur les contrastes qu'offre le personnage de Gavroche, petit et jeune certes mais d'un grand courage.

d L'antithèse permet à Jules Fournier d'opposer la manière dont la terre du Canada est perçue selon les valeurs des « hommes de lettres » et des « hommes d'affaires » avec l'opposition symbolique « paradis/enfer ».

e L'antiphrase permet de mettre en valeur l'ironie de l'énonciateur.

f L'oxymore permet au fabuliste de mettre en valeur la force de la Tortue qui, contre toute attente, gagnera la course contre le Lièvre.

3 a Loin de se plaindre, elle a continué avec le sourire et remporté le défi.

b Chacun s'est réjoui, à l'inverse de cet élève râleur.

c Tu as choisi de continuer et moi de faire une pause.

d Nous adorons la Bretagne tandis que nos voisins préfèrent la Côte d'Azur.

e Elle est venue mais sans enthousiasme.

Entraînement 25, p. 116-117

1 a La phrase exclamative insiste sur le nom « idées », détaché en début de phrase.

b L'encadrement met en valeur le pronom « moi », qui assure avoir fait l'ensemble du travail.

c La phrase exclamative insiste sur le nom « gâchis », introduit par le déterminant exclamatif « quel ».

d L'adverbe « extrêmement » permet d'insister sur l'adjectif « déçue ».

e Le suffixe « -issime» permet d'insister sur l'adjectif « rare ».

2 a La liberté ne se demande pas, Madame, elle se prend. Elle se prend quand c'est possible, bien sûr. Quand la surveillance se relâche, quand le règlement n'est plus appliqué, quand la révolte gronde, quand les draps sont noués bout à bout, que le plan du bâtiment est prêt, que les habitudes des gardiens sont connues, que la complicité s'organise et qu'on aura de quoi vivre à la sortie.

La liberté n'est pas un mot magique qu'il suffit de prononcer pour être libre. La liberté ne s'improvise pas. Il faut bien surveiller les moments. Jamais, me semble-t-il, les circonstances n'ont été aussi favorables qu'aujourd'hui. Il n'y faut que de l'audace et de la solidarité. Or, ce sont justement, Madame, les deux qualités qui vous manquent le plus. Vous n'osez pas oser. Vous avez peur, peur de ne pas pouvoir, peur d'être empêchée, peur d'échouer, peur d'être punie, peur de manquer, peur d'être seule, peur d'être ridicule, peur du qu'en dira-t-on, peur de tout.

Françoise Parturier, *Lettre ouverte aux femmes* (1974)

Françoise Parturier utilise plusieurs anaphores dans ce texte. Elle reprend le terme « Madame » aux lignes 1 et 8 pour s'adresser à ses lectrices. L'anaphore à propos de la « liberté » insiste sur le thème qu'elle développe. Les termes « quand » et « que » montrent les circonstances qui permettent de saisir cette liberté. Enfin, l'anaphore finale autour de la « peur » énumère les raisons pour lesquelles les femmes n'osent pas saisir cette liberté.

3 a La salle était archipleine, il y avait du monde jusqu'au plafond !

b Il sourit doucement puis rit avant de laisser son éclat de rire résonner dans toute la pièce.

4 a Comme il est triste !

b Des cauchemars, il en fait très souvent.

Entraînement 26, p. 120-121

1 a **C'est toujours avec** joie qu'ils travaillent ensemble.
→ L'emphase met en valeur le fait que les personnes travaillent régulièrement ensemble avec joie.

b **Puissiez**-vous rentrer en bonne santé !
→ Le subjonctif permet d'exprimer le souhait.

2

CLIMÈNE. Enfin il faut être aveugle dans cette pièce, et ne pas faire semblant d'y voir les choses.
URANIE. Il ne faut pas y vouloir voir ce qui n'y est pas.
CLIMÈNE. **Ah !** je soutiens, encore un coup, que les **saletés** y crèvent les yeux.
URANIE. Et moi, je ne demeure pas d'accord de cela.
CLIMÈNE. Quoi la pudeur n'est pas visiblement blessée par ce que dit Agnès dans l'endroit dont nous parlons ?
URANIE. Non, vraiment. Elle ne dit pas un mot, qui de soi ne soit fort honnête ; et si vous voulez entendre dessous quelque autre chose, **c'est vous qui faites l'ordure**, et non pas elle ; puisqu'elle parle **seulement** d'un ruban qu'on lui a pris.

ⓐ Climène juge la pièce vulgaire mais ne veut pas dire exactement pourquoi. Uranie, au contraire, l'a appréciée.

ⓑ On pouvait surligner les phrases exclamatives (« Ah! »), une tournure emphatique (« c'est vous qui faites l'ordure »), du vocabulaire péjoratif (« saletés »), un terme évaluatif (« seulement »).

3 ⓐ J'ai lu son dernier roman, il est bien écrit.

ⓑ Je n'apprécie pas ces murs jaunes, repeignons-les.

4 ⓐ La navigatrice a achevé un formidable périple.

ⓑ Puisse cette épave finir à la casse !

Entraînement 27, p. 124-125

1 ⓐ En dépit d'efforts remarquables, il n'a pas réussi à se qualifier pour les Jeux Olympiques.
La locution prépositive « en dépit de » permet d'exprimer la concession et de nuancer l'échec, la non qualification du sportif.

ⓑ Nous estimons que la présomption d'innocence doit être mieux respectée.
Les locuteurs formulent leur opinion à propos de la présomption d'innocence à revaloriser en utilisant « nous estimons ».

2

À Monseigneur le Dauphin

Vous êtes en un âge où l'amusement et les jeux sont permis aux princes ; mais en même temps, vous devez donner quelques-unes de vos pensées à des réflexions sérieuses. Tout cela se rencontre aux fables que nous devons à Ésope. L'apparence en est puérile, je le confesse ; mais ces puérilités servent d'enveloppe à des vérités importantes.

Je ne doute point, Monseigneur, que vous ne regardiez favorablement des inventions si utiles et tout ensemble si agréables ; car que peut-on souhaiter davantage que ces deux points ? Ce sont eux qui ont introduit les sciences parmi les hommes. Ésope a trouvé un art singulier de les joindre l'un avec l'autre ; la lecture de son ouvrage répand insensiblement dans une âme les semences de la vertu, et lui apprend à se connaître, sans qu'elle s'aperçoive de cette étude, et tandis qu'elle croit faire tout autre chose. C'est une adresse dont s'est servi **très** heureusement celui sur lequel Sa Majesté a jeté les yeux pour vous donner des instructions. Il fait en sorte que vous appreniez sans peine, ou, pour mieux parler, avec plaisir, tout ce qu'il est nécessaire qu'un prince sache. Nous espérons beaucoup de cette conduite.

Fables, de La Fontaine Jean (1668)

ⓑ La Fontaine affirme que le plaisir et la pédagogie se mêlent en utilisant une construction double pour présenter la simultanéité de deux opinions.

3 ⓐ Il est probable que le plus fort s'en sorte souvent mieux dans plusieurs situations mais cela ne signifie pas pour autant que sa raison soit toujours la meilleure. (atténuer une opinion grâce à une tournure verbale)

ⓑ J'admets que le changement peut être source de plaisir dans l'amour et qu'il faut chercher à se renouveler. (concéder grâce à la tournure verbale « j'admets »)

ⓒ Tandis qu'on dit souvent que c'est le voyageur qui fait le voyage, on néglige de penser que le voyage forme et transforme le voyageur, le « fait » et le « défait ». (exprimer la contradiction grâce à la construction double)

Entraînement 28, p. 128-129

1 ⓐ Raisonnement critique ⓑ Raisonnement critique

2 ⓐ Marc est dérangé par l'attitude de Serge.

ⓑ Yvan n'est pas gêné par l'attitude de Serge.

ⓒ Dans la dernière réplique, Marc s'oppose à Yvan à propos du « préjudice » et déclare qu'il y a un préjudice amical puisque lui est « perturbé », « blessé », de voir son ami « se laisser plumer par snobisme », ne plus avoir « un gramme de discernement ».

3 ⓐ Certes le silence est d'or, mais on n'affirme pas pour rien que la parole est d'argent, communiquer permet aussi de faire évoluer les situations.

ⓑ Je m'oppose à cette vision rétrograde d'une éducation où les punitions seraient éducatives.

Entraînement 29, p. 132-133

1 ⓐ Je me promène à **Paris** : c'est une ville merveilleuse. **(groupe nominal)**

ⓑ J'ai appelé **mes sœurs** mais aucune d'elles ne me répond. **(pronom indéfini)**

ⓒ J'arrive en **Italie**, c'est un pays qui m'a toujours attirée. **(groupe nominal)**

ⓓ Il voulait partir en **été** mais je lui déconseille la saison des moussons . **(groupe nominal)**

ⓔ **La présidente** a multiplié les promesses, mais qui peut la croire. **(pronom personnel)**

2 ⓐ C'est une belle ville, **mais (opposition)** il y fait froid. C'est **pourquoi (conclusion)** Je ne désire pas y aller.

ⓑ Nous resterons à la maison, car **(justification)** nous sommes fatigués.

ⓒ Tu ne nettoies pas ta chambre, tu vides le frigo. **C'est pourquoi (conclusion)** Je ne te supporte plus.

ⓓ Il a pris le train et moi l'avion. **Ainsi (conclusion)** Nous ne nous sommes pas croisés.

des entraînements

Entraînement 30, p. 136-137

1 ⓐ > ⓗ ; ⓑ > ⓖ ; ⓒ > ⓔ ; ⓓ > ⓕ.

2 ⓐ Le tatouage marque notre identité, communautaire ou individuelle.

ⓑ Arnolphe est déchiré par des sentiments contradictoires : sa fureur envers Agnès n'a d'égal que son désir pour elle.

ⓒ Le Costa Rica se distingue par sa faune exceptionnelle.

3 ⓐ et ⓑ Les jouets occupent plusieurs rangées de rayons rigoureusement séparés en « Garçons », « Filles ». Aux uns, l'exploit – ~~Spiderman~~ – l'espace, le bruit et la fureur – ~~voitures, avions, chars, robots, punching-ball~~ – ~~le tout décliné dans des rouges, verts, jaunes violents~~. Aux autres, l'intérieur, le ménage, la séduction, le pouponnage. ~~« Ma petite supérette », « Mes accessoires de ménage », « Ma mini-Tefal », « Mon fer à repasser », « Ma baby-nurse ». Un « Sac aliments » transparent est rempli hideusement, entre étron et vomi, de croissants et autres nourritures en plastique~~.

ⓒ Les jouets de « garçons » valorisent l'action, l'aventure voire l'excès, sous une forme héroïque ou agressive, tandis que les jouets de « filles » inculquent passivité et retenue, en conformité avec le quotidien trivial de la ménagère.

Méthode : la question de grammaire, p. 138-140

1 ⓐ des (déterminant)

ⓑ une (déterminant)

2 ⓐ gros / noir (épithète)

des voisins (CDN)

ⓑ depuis des années (CC de temps)

3 ⓐ *À Paris je dois me rendre. Fonction : Complément essentiel du verbe « se rendre ».

ⓑ Le soleil revêt, en se couchant, le paysage d'or. Fonction : CC de temps.

Fonction	Supprimable	Déplaçable
Sujet	Non	Non
Attribut du sujet	Non	Non
Attribut du COD	Non	Non
COD	Selon les cas	Non
COI	Selon les cas	Non
Complément d'agent	Oui	Non
Épithète	Oui	Oui
CDN	Oui	Non
Apposition	Oui	Oui
CC	Oui	Oui

Méthode : la question de grammaire, p. 141-143

Activité 1

ⓐ phrase complexe / subordination / conjonction de subordination / fonction CC / déplaçable et supprimable.

ⓑ négation partielle/totale/restrictive / nature des mots de négation / négation lexicale.

ⓒ valeurs temporelles / aspectuelles (accompli, inaccompli) / modales

Activité 2

ⓐ Quel profit recueillez-vous de la supériorité que vous avez parmi les vôtres ?
On remarque : le changement de ponctuation et l'inversion du verbe et du sujet, le passage de la 3e personne à la 2e personne, le passage de l'imparfait au présent de l'indicatif.

ⓑ Alors que la rue assourdissante autour de moi hurlait, longue, mince, en grand deuil, douleur majestueuse, une femme passa.
La modification fait apparaître une proposition subordonnée circonstancielle de temps (« alors que... hurlait »), et une proposition principale (« longue... passa »).

ISBN : 978-2-09-167400-1
Éditions Nathan – 92, avenue de France – 75013 Paris
Conception maquette : Séverine Tanguy
Mise en page : Séverine Tanguy
Fabrication : Emmanuelle Perrier
Impression & brochage SEPEC - France - N° de projet : 10277141
N° d'impression : 06601210714 - Dépôt légal : Juin 2021
Nouvelle impression en Juillet 2021